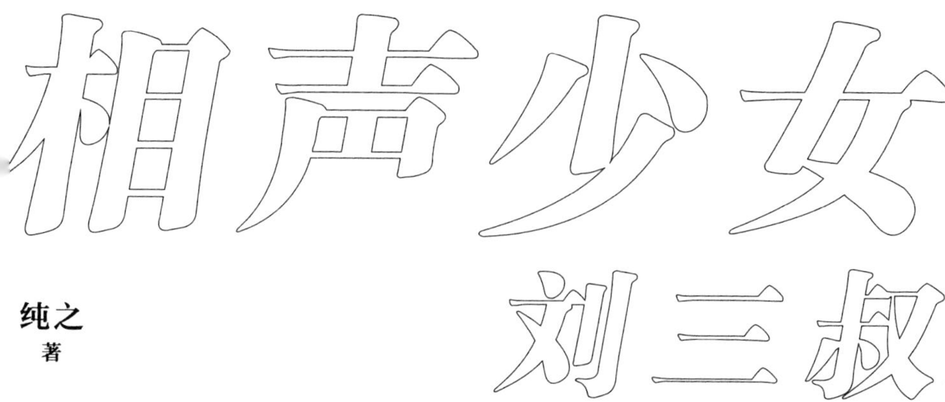

纯之
著

南方出版传媒
花城出版社
中国·广州

图书在版编目（CIP）数据

相声少女刘三叔 / 纯之著. -- 广州 : 花城出版社, 2019.9
ISBN 978-7-5360-8964-8

Ⅰ. ①相… Ⅱ. ①纯… Ⅲ. ①长篇小说—中国—当代 Ⅳ. ①I247.5

中国版本图书馆CIP数据核字(2019)第171721号

出 版 人：肖延兵
责任编辑：陈诗泳
特约编辑：陈三川　陈佳敏
技术编辑：凌春梅
装帧设计：E. T. C
封面绘图：朝阳区唯一的芭比娃娃
内文绘图：许旺旺

书　　名　相声少女刘三叔
　　　　　XIANGSHENG SHAONÜ LIU SANSHU
出版发行　花城出版社
　　　　　（广州市环市东路水荫路11号）
经　　销　全国新华书店
印　　刷　佛山市浩文彩色印刷有限公司
　　　　　（广东省佛山市南海区狮山科技工业园A区）
开　　本　880毫米×1230毫米　32开
印　　张　10.125　1插页
字　　数　215,000字
版　　次　2019年9月第1版　2019年9月第1次印刷
定　　价　49.80元

如发现印装质量问题，请直接与印刷厂联系调换。
购书热线：020-37604658　37602954
花城出版社网站：http://www.fcph.com.cn

进击吧，不懂谈恋爱的美少女！

目　录

「第一回」

刘三叔入社团傻眼
活动社每天出去玩

我不知道你们的大学社团什么样，我的社团名字叫“相声表演社”，主要的社团活动就是出去玩和打麻将。

哗啦哗啦。

东为社长伍角星；

南为副社长陆一欧；

西为我的好闺蜜唐缇；

北为社员林茂增。

我一般不上场，除非他们打对对碰。

他们已经打两个小时了，从下午三点打到下午五点，体力很是充沛。

我觉得我的小学语文老师是一个非常称职的语文老师，他的教育影响了我十多年。时至今日，我仍然能用他教我的写作造句来一句话解释各种发生的事情。

“虽然……但是……”

虽然我们是相声社团，但是我们从不说相声。

虽然我们社团是学校里极为出名的社团之一，但是我们对此毫不知情。

“不仅……而且……”

我们社团不仅有钱，而且还很豪华。

我们社团不仅有两台立式大空调，而且还有钟点工和西餐厨师。

我们社团不仅有美女（除了我），而且还有帅哥。

“要是……就……”

要是我有唐缇那么好看，就不用辛辛苦苦地学习了。

要是我有陆一欧那么有钱，就能有男朋友了。

“有时……有时……有时……”

有时我们集体去爬山，有时我们集体去泡温泉，有时我们集体去吃火锅。

“既……又……”

我们既颓废，又美丽。

“一会儿……一会儿……”

一会儿我不打了，一会儿我就不玩了，一会儿我们一起出去吃饭吧。

最后一个造句可能不太对。

不管那么多，先给大伙介绍一下我自己。我叫刘三叔，是个姑娘。

我的大学社团是相声表演社，但我们从来不说相声。这一次，伍角星说我们的社团活动是泡温泉。接到这个消息的时候我都傻了："这是什么社团？"

北京十月还是很热，风吹得久了，还不喝水的话，没一会儿就会打蔫，脸皮干得直掉渣。我要是住在海边，一定泡水里不出来，从东游到西，再转向南，一直蛙泳向前。可是北京一年四季都很干，降水少得可怜。

就是这样一个又干又热，很平常的北京十月天，我居然要去泡温泉了！

我想象着自己头戴白毛巾，婀娜地双腿交叉，坐在水中，两个眼睛的睫毛被水蒸气蒸得湿答答的，鼻子上的汗珠像露水落在荷叶上，一颗挨着一颗，然后慢慢聚拢，变成一大颗，"啪嗒"一声从鼻尖上滚下来。水面漂着一个小木盘，盘子里装着荔枝、西瓜、橙汁和烤肉，我手里拿着筷子，筷子上还留着孜然粒。

幸福。

我不顾店员频频用眼神示意比基尼，挑了一件半袖连体平角裤腿的天蓝色游泳衣，高高兴兴地给唐缇打了个电话。

我说：“嗯，买到了，是你说的蓝色。哈哈哈哈。”

蓝色显白，这是唐缇告诉我的。

唐缇是我同宿舍的姑娘，名字听起来就很富贵，长得更是那叫一个好看：小脸，肉腮帮，大眼睛，宽眼皮，还有大长腿。第一眼看见她的时候我都不想活了，但后来我越看她越喜欢，因为她长得太好看了，就连她早上起床头发都飞起来了我还是觉得好看。

我家老爷子总和我说要有一颗发现美的心灵，这样我自个儿也能美。对于这句话我表示十分的赞同，所以有事没事都多看她几眼，美化我的心。

买泳衣之前，唐缇说蓝色好看，显得安静又内敛，最重要的是显白。

我信任唐缇。

泡温泉这天早上，晴空万里。有闲有钱的陆一欧又一次展现了他的实力，他和伍角星社长到校门口接我和唐缇，他们拉开房车的门的时候，我怀疑我是去拍电视剧。

我问：“我们去哪里泡温泉？”

他答：“昌平。”

我问：“去昌平才两个小时要开房车？”

他答：“那你坐地铁转公交吧，用不用我发给你路线？”

我乖乖地上了房车。

刚脱离了父母的怀抱，奔向大学新生活，没想到就要和男生一起泡温泉了，我开始觉得我可能以后要浪荡了，这就是第一步。

换泳衣的时候，我在无限幻想他们将会爱我爱到不能自拔，我走过一群男人的身边，他们和我搭讪，我愉快地给了他们电话号码。

结果等我费力地套上我的天蓝色泳衣，回头对唐缇说“帮我整理一下肩带”时，我看见唐缇穿着一身粉红色的比基尼，好看得要爆炸了。胸估计有34D，肚子上没有赘肉，大腿肉乎乎，小腿瘦杆杆，皮肤白得晃眼睛。我瞬间觉得我头上刚闪现出来的浪荡两个字破碎了。

我说：“嫁给我。”

她说：“再真诚一点，眼神不要那么猥琐。”

我说：“我是北京户口，我还有好几套等着拆迁的房子。”

她亲了一下我的脸，说：“好吧，我答应了。”

哪个男人扛得住！

我也扛不住。

我抱着唐缇欢欢喜喜地走了出去。

站在外面的伍角星社长看了我俩一眼之后，说：“刘三叔，你这样看上去有点猥琐。”

我瞪了他一眼。

他又说：“唐缇，想要什么随便点。”

哪个男人扛得住！

伍角星也扛不住。

我裹着大浴巾，踮着脚尖凑过去：“我也要！”

伍角星给了我一个自力更生的眼神。

我可能是赠品。

温泉之所以叫温泉，是因为它真温暖啊，我在温泉里从东游到西，再转向南，一直蛙泳向前，时不时来一个回旋踢。我喜欢这种滋润的感觉。温泉啊，你是我的天堂。

嘿！哈！

我溅起一股小水花。

陆一欧这个时候也下水了，他坐在水池边，一只脚伸进水里，另一只脚蜷缩着藏了起来，看上去很无聊的样子。

我从水里扑出来："我们比赛谁游得快啊！"

陆一欧摇了摇头又戳我额头："我还是喜欢看你游。"

陆一欧穿着三角泳裤大咧咧地坐在我面前的水池边，皮肤黑黝黝的，腹肌巧克力似的，手里捧着一个不知名的水果，吃得嘴巴湿嗒嗒的，还戳我额头。唐缇站得远远的还被人搭讪。伍角星正在躺椅上补觉。林茂增？林茂增不知道在哪里。

我一头钻回水里，继续扑腾。一个小水花，哗啦啦。

这时唐缇走过来，她推了陆一欧一把："看什么看。"

我正在水里继续蛙泳向前，头还没抬起来换气，就看见唐缇一个标准动作入水，蝶泳，波浪形地向我游了过来。嗯嗯，水质很好，唐缇脖子和下巴的弧度真好看，胸也好看。

我和唐缇在水里玩，她一下子抓住我的脚，又跟我在水里打架，我憋足一口气，钻到水里摆了个鬼脸蛤蟆神功第二式，再从鼻子里喷出一堆泡泡。唐缇笑得不行，让我趴在她背上。

腿长的唐缇背着我像在背个宝宝。

五分钟后，我离开了有唐缇的温泉，跑去上厕所。刚才汽水喝得太多。

在厕所外面，我撞见了伍角星，他在打电话："嗯，五千，不能再少了。您要不然上别人那儿去问问吧。"

真是不留情面啊。

他挂断电话，我凑过去说："生意兴隆啊老板。"

他说："托您的福。"

我说："财源广进啊老板。"

他说："你有什么事情求我？"

呃。

我："上次不是说我写了个新段子想说给你听听么？"

他："嗯，今儿没空。"

我："那我祝你早日破产。"

话说完我就跑，伍角星腿比我长，一个大步追上我，然后把我丢到了水里。

气死。

社团是个好社团，有钱，活跃性高，人员常年待命，就是不说相声。那叫相声社干吗，不如叫活动室。我去吧台要了一杯红心火龙果汁，继续伤感。每次我说，来啊，我们来说相声啊，我们来排练啊，他们都说没空。入社团至今，我们搞了十次以上的活动，二十次以上的打麻将游戏，二十次以上的饭局（谁输了谁请客，我总蹭饭），但就是没说过相声。

生活真艰难。

我每天早上跑到学校小树林练贯口我容易吗我？

我每天早上还得躲着点亲亲亲的小情侣我真不容易。

不过，温泉什么的真的挺带劲的。

让我再去泡一会儿。

那天晚上我们没回家，五个人窝在大包厢里打麻将，哗啦哗啦。中间来了两拨人：第一拨是给我们送晚餐汽水的白衬衫服务生，有点帅；第二拨是听到白衬衫帅服务生说我们正在打麻将之后来查房的警察叔叔。可惜了，警察叔叔们稍巡视了一圈也没发现什么赌资，只找到我为打麻将准备好的一箱白纸条。

麻将打完他们三个男生开始打牌。

唐缇拉着我去做按摩，我当然不肯去。光是幻想一帮女人拿一瓶油在我身上摸啊摸，我就毛骨悚然。结果到了那里，人压根没让我脱衣服，我又扭捏了起来。哎呀，人家都准备好了呢。

按摩的时候，我很生气。

举例说明——

美容师一号：“你皮肤真好啊，又白又嫩。”

美容师一号："你身材真好啊，一点赘肉都没有。"

美容师一号："你不去当演员真是可惜了啊。"

Balabala，这是对唐缇说的。

美容师二号："这个是祛痘的，你后背的痘痘用了我这个东西，第二天就消下去了。"

美容师二号："啧啧啧，一看你平时都不补水，我这营养膏抹在你胳膊上和腿上一下子就吸收了。"

美容师二号："刮个痧吧，我看你火气好大。"

这是对我说的。

"来就来！"我正面迎战。

唐缇半个小时就去洗澡敷面膜了。

我做了两个半小时。

刮痧真是一项酷刑，又疼又痒，每刮一遍，我都"嘿嘿嘿嘿哎哟哎哟"。眼泪也不知道是笑出来的还是哭出来的。

"看看，起痧了吧。"

这句话简直给我的温泉之旅画上了完美的句号。

回来之后的星期一早上，我们吃的是油饼加鸡蛋和肉，中午准备吃的是小烤牛舌、爆炒腰花、红焖猪蹄等油腻腻的食物。

其实我进入相声社没几天就发现了他们的秘密：相声社每天早午晚都有免费的饭吃，不仅种类繁多，还营养丰富。

据说是因为每天都有人送好多东西给陆一欧吃。

陆一欧是个有钱人家的小开，有钱的叔叔、阿姨、伯伯、婶婶一大堆，心疼他一个人小小年纪在学校吃不饱、穿不暖，就总是让自己家在学校上学的女儿、侄女、外甥女什么的来给陆一欧送吃的，一送就送来好多份。陆一欧从来都是来者不拒，他一个人吃不完，于是总喊着我们一起吃。

吃饭的时候，社长大人伍角星拿出五张方块纸，对他的社员提议："周末我们去打游戏吧？"

吧唧吧唧，四张吃饭脸看着他。

伍角星："我最近得了五张游戏券，要不要去。"

吧唧吧唧，四张吃饭脸继续看着他。

伍角星："不去啊，那我还是卖了吧，估计能卖个好价钱。"

林茂增伸手一把抓住五张游戏券，然后揣进口袋里。

林茂增这人来自福建，一口普通"发"说得相当"飘"准，不过他平时深藏不露，好像生怕我们偷师学艺似的，不轻易说话。

他还是个重度强迫症患者，每次手机充电之后，都要检查一遍电源，再检查一遍电源开关，再打开手机看看是否充上电，再看看电源。如此反复三遍，接下来，就是见证奇迹的时刻。

他突然开始打坐，接着做十个俯卧撑，再接着吃一颗大白兔，然后喊："一二三四五六七八。"结束动作一般是让身边的人打他一下。

我曾经问过他，这一套动作是在练什么妖法？

他说这是为了治疗强迫症。

打坐是说明他确定自己已经检查了三次电源，并且确认手机确实充上了电；十个俯卧撑是说明他已经打坐过了；大白兔是给自己一个安慰；一二三四五六七八以此类推；让我们打他一下是证明，啊，他真的不是在做梦啊。

神经病啊！我觉得强迫症更严重了好吗？

不过他的身材倒是很好，估计身体在运动，脑子没有。

为了让社员们有更好的生活，我们通常都不让他最后出门，以免确认窗子是否关好了；门是否锁上了；麻将是不是乖乖地躺在麻将盒里；还有一二三四五六七八。但有时候我们无聊了，就会故意让他去收尾，坐等一场表演，顺便打他一下出出气。

林茂增吃着吃着饭，又把票从兜里掏了出来，查了三遍，继续吃两口饭，又掏了出来。

……

饭吃完了伍角星还不死心，要将“活动室”发扬光大：“说好了，周末打游戏啊？”

我凑过去：“社长您要是有空，就听听我新编的那个相声段子啊？您要是仔细听完，说不定能招财，就和打麻将之前穿红内裤一样。”

伍角星说：“好。”

陆一欧从背后伸长胳膊搭住我的肩：“你要是给我招财，我花钱雇人把伍社长绑起来，让他安安静静听你说相声，你看怎么样？”

我觉得很好，一边点头一边星星眼地看着陆一欧。

伍角星："你被退社了。"

约定打游戏的这天早上，乌云密布，电闪雷鸣，还没到中午，就已经大雨瓢泼。林茂增搜了一下当日天气，发现局部地区可能有冰雹，冰雹有大有小，被砸一下估计挺疼的。

伍角星为此非常难过。

早知道这样，当初还不如把票卖了呢，真是失策啊失策。

我趴在窗户上看大雨。哦，雨真是大啊，一个闪电打下来，屋子里立刻停了电。

唐缇提议，在这么适合睡懒觉的天气里我们却集体被困在了相声社，不如打麻将吧，多么欢乐。

正在给麻将打蜡的林茂增闻声抬起头来，看了看打了一半蜡的麻将，然后坚决地反对起来，并把一盒麻将紧紧地抱在怀里。

接着大家陷入了沉默，伍角星继续一脸哀痛的样子。

我对着他拍了个照片，屋内灯光昏暗，拍照的时候还自动开启了闪光。

安静的房间里，五个人在不同的地方坐着，室内光线昏暗，每个人的脸上都反射出手机屏幕的光亮，场面十分温馨。我们就这么一直坐着，直到中午的时候，大家手机集体没电了。

由于下大雨，今天并没有任何女儿、侄女、外甥女来送午饭。

下午我们饿得前胸贴后背，而大雨还是没有要停的意思。

我说："既然这样，我们干脆说说相声好了，反正大家都没事做，还能分散一下注意力。"

伍角星看了看我，虚弱的上眼皮半抬不抬，说："你要是现在敢说《报菜名》我就吃了你。"

我说："蒸羊羔？"

我被伍角星暴打了一顿。

大家纷纷接受了我的建议，因为实在没有别的选择。

林茂增也加入了我们，并且无比希望我能把报菜名说完，强迫症的他只听了第一句，却听不到后面的实在太难受了。结果不尽如人意，伍角星一个眼刀就把他吓个半死。据说他当时加入相声社的主要目的是练好普通话，结果没想到麻将手艺日益精湛，这也算是意外收获吧。

贯口是相声的基本功，我决定我们从基础的开始。

我清了清嗓子开始说："今天我们先练一个贯口吧，为了增加趣味性，我还特意选了一个猜谜语的，你们听听。说我诌我就诌，闲来无事捋舌头，什么上山吱扭扭……"

唐缇举手："这个我知道，上次咱们爬山的时候，林茂增打赌输了，租了个手推车推着陆一欧上山的时候，林茂增的腰嘎吱嘎吱的，我还和你说来着。"

我看了一眼她说："对对，这个不重要，你们继续听。什么上山吱扭扭，什么下山乱点头……"

伍角星"扑哧"一下笑出了声："对对，我还记得，下山的时候林茂增又输了，还被一个石头绊了一脚，小跑的时候，脑袋点得和摇头娃娃一样，哈哈哈。”

我生气地瞪了他一眼：“认真点，继续听。什么上山吱扭扭，什么下山乱点头，什么有头无有尾，什么有尾无有头……”

陆一欧听到这句的时候突然大笑了起来，一边笑还一边说：“对对，那次我们还说，林茂增就是没有尾巴，要是有尾巴，尾巴就能保持平衡了。我还刻意把腿伸到后面去，给他当了尾巴，结果他一头撞树上了。”

说完大家一起笑了起来，林茂增也跟着笑，眼泪都笑出来了。

我此时此刻恨不得抽自己一巴掌，为什么要挑这个贯口，妈蛋啊，真恨不得念一百段《报菜名》饿死他们。

咕噜噜噜，我的肚子也叫了起来，算了，还是吃饱了再念吧。

练习相声就这么有头无尾地结束了。

什么有头无尾？刘三叔的相声。

下午我们不练相声了，我们开展了一项更有意思的活动：治疗林茂增的强迫症。

我们唱了好多半截的歌，然后阻止林茂增唱完，我们总是在中途打他一下，让他从头开始唱，真是太好笑了。

哈哈哈哈哈。

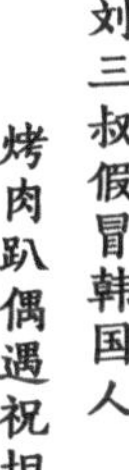

「第二回」

刘三叔假冒韩国人　烤肉趴偶遇祝坦坦

陆一欧最近换了个新发型，染了一头奶奶灰不说，还把头发留得倍儿长，也不扎小辫，头帘把眼睛挡得严严实实的，看起来特别像一只古代牧羊犬。本来都打扮好了，出去玩玩总可以吧？但陆一欧每天就知道搓核桃，搓就搓吧，还嫌手上的油不够，过一会儿就把核桃往脸蛋和鼻尖上蹭蹭，搓得鼻尖通红。

我问："伍社长又没来？"

他答："你和我在一起不好玩么？"

我看了看他，从头顶看到脚底再到头顶，眼睛像扫描仪一样来回地看着。

嗯，是个爱撒娇，情话值满分的人，应该出门接受姑娘们的尖叫和扑倒，却在这儿调戏我，估计是刘海太长了。

我从唐缇给我的防狼包里翻出一根橡皮筋，递给他。

我说："把头发扎上，你这样能看见什么！"

他说："我哪会扎头发。"

我说："我帮你吧。"

不等他拒绝，我就给他头顶正中扎了个朝天辫，整个人瞬间可爱了很多。

秋天满地落叶黄黄，我站在相声社往外看，看见一帮要胸肌有胸肌，要肉有肉，要刘海有刘海的男人在打篮球，骑自行车。我回头看了一眼陆一欧，他嘴里咬了个梨，正含情脉脉地盘核桃。

我说："你倒是和我玩啊。"

他说："你坐过来，就这儿，我这儿还有俩核桃，咱俩一起盘。"

我快哭了，往沙发上一倒就开始打滚："好无聊啊，要闷死了。"

唐缇最近回家了，林茂增还没下课，伍角星消失了，就剩下我俩。

他说："你和我在一起不开心么？"

我呆住了。

他说："咱俩一起做一件事，又没人吵，多好。"

死变态，前几天还说我像伪娘，自从唐缇走了，他就开始各种调戏我。

我说："你想死啊，说这么暧昧干什么？"

他说："唐缇走之前把你交给我了啊，说一定要在这段时间好好照顾你。"

我说："你照顾我什么了？你就恶心我！"

他说：“我这是爱屋及乌。”

陆一欧最近在追唐缇，唐缇受不了他每天那都带着一副宠爱核桃的笑，好久不来相声社了。她最近刚好家里有事，本来不用必须回家，但最后还是回去了。

我很生气，谁是乌？我对着他拍了张照片发到了网上。

十分钟，点赞五十九个人。

不是因为我打小就被我爸教育要自尊自爱，才能这么有自知之明——觉得他们都不会喜欢我，而是我的家庭背景实在特殊。

我们家是正宗的地根北京人，结果到了我这一代差点断了香火。我大爷、我二大爷加上我爸，个顶个的威武雄壮，可能是物极必反，我奶奶一连串生了仨儿子，这仨儿子一连串地生了一院子的姑娘。

我是我们家老幺，出生的时候很是闹腾，折腾了一天一夜才从我妈肚子里钻出来，我奶奶心疼我妈，看着我叹了又叹，觉得我妈是不能再生了，家里没个后的不行，就让我，一个红皮褶子的奶娃娃当了家族继承人。

老太太的原话我到现在还记得：“这个长得丑，以后就招赘吧，省得嫁不出去，又断了咱家的香火。”

一句话改变命运，往往我们只能从励志故事中看到。可我这是招谁惹谁了，出生就得当典型。好好的一个姑娘啊，活生生被改了命运，继承了香火大业。

我是爸生的第三个姑娘，承蒙我家奶奶老佛爷抬爱，赐名“刘三叔”。

伯仲叔季，刘三叔。

咳，甭提了。每次想起我这个名字都脑袋疼。

由于我的特殊历史背景，小时候我并不知道自己是个姑娘来着，东边打人，西边爬树，可没少惹祸，每次被我妈提溜回家都是一顿扫帚把的胖揍，真的很疼。等我知道我是个姑娘的时候，我都想钻回我妈肚子里再生一回，因为想起来太害臊了，谁家小姑娘都七八岁了还光着膀子满街跑呢？也就我了。

我曾经声泪俱下地把我这段沉痛的身世和我们相声社里的仨男生说过，他们都明确表示，希望我好好找个姓刘的，他们小时候国家也实行计划生育，实在不能娶我。

时至今日，我都能回想起他们真诚的脸。

其实我不是很想在这里当一只乌鸦什么的，但是最近我隔壁宿舍的甄甜失恋了，看见我就哭，哭起来还抱着我，哭得我小心肝直颤抖，实在招架不住。

听说甄甜和前男友只牵过手，嘴都没亲过，特别纯爱。她居然能哭得这么肝肠寸断，一哭就是好几天，估计是后悔，怎么着都该亲两口的。

我天生喜欢热闹，起哄架秧子我热爱，安慰人我实在不会。好几次我都觉得，要不我带你出门吧，咱俩滑滑板去？别哭了，男人满街跑，一会儿我给你介绍一个滑板少年吧。但是别人都说“其实你特别好，是他瞎了眼睛，分手是他的损失”什么之类的话，我只好自己去玩滑板了。

我和那个群体不搭，我就躲到相声社来了。

我其实也特别想拉着陆一欧去滑滑板，但是陆一欧是老年组实力青年，一点费力气的事情都不干，看电视看电影音量都调得特别小，每次我都得使劲听。他盘俩小时核桃都想睡个觉补补，我实在是和他谈不了滑滑板的事。

在这么待下去我要长毛了，我觉得这样实在不利于身心健康，于是我还是决定要拉陆一欧出去走走。

我想了好几个热闹的地方都被陆一欧拒绝了，于是我俩折中了一下，去了一个人多但是大家都能自觉进屋就安静的地方，798。

每次我来 798 都假装外地人。

我操着一口不流利的普通话问着小超市老板：“水，orange，钱，多少？”

小老板看了看我，把十个手指头都伸出来了：“十元，十元，ten 元。”

我国际范地朝着小老板点点头，然后转头向陆一欧要钱。陆一欧给了二十，我俩一人一杯。

小老板心情很好，看我买了水也没走，就问 ：“你，哪儿来的？国家，哪儿来的。”

我心情也好，橙汁儿特好喝：“Korean，韩国，我是韩国人。”

说着说着，我笑了起来，指指他的脸说：“你来，来我这儿，弄脸、鼻子，我的，美不美？”

小老板认真地观察了一下，伸出了大拇指：“好看！你们那儿男的也整容？”

我生气地拉着陆一欧就走了。

陆一欧倒是觉得老板很有眼光，朝着他比了个大拇指。

马上立冬，天气特别冷，满 798 的人嘴巴里的哈气把这里弄得和澡堂子似的，雾气茫茫。

我和陆一欧穿梭在一个又一个展览、画廊，他看画，我看标价。陆一欧非要在一家有室内二楼的画廊里买一幅满是五颜六色点子的画，画的名字是《脑》。

我激烈而愤怒地制止了他。

他居然说，这个画很好地画出了我的脑子，乱七八糟还五彩斑斓的，全是点儿，一根线儿都没有。

我飞起一脚，滚。

798 的西边人比较少，陆一欧和我进一个画廊再出一个画廊。一静一闹的，陆一欧有点受不了。他觉得一直闹就听不见闹了，和静也差不多，一静一闹简直是非人的折磨，死活不再往人多的地方走，哪个路口人少拐哪里，最终拐到了西边。

天遂人愿，陆一欧如愿得到了一直闹的机会，他碰见了一帮高中富家子同学在聚会。

院子里开着烤炉的一帮人开着烤肉趴，我坐在烤炉前面，抱着orange汁看着一帮有钱的男好看和女好看。

陆一欧刚和一个一米九的男生说了会儿话，看见我坐那儿发呆，就走了过来。

他："不要怕，虽然你没有钱，但是他们看不出来。"

我："呵呵呵，他们有钱我也看不出来。"

他："也对，那你就负责吃好了。"

有钱有什么了不起，我能因为钱害羞吗？我是因为说不上话好吗？

刚才有个大波浪女过来和我说："你这背带裤真好看，什么牌子的？"

我说："我也不知道啊，要不你看看？"我扯着我的logo给她看。她看了一会儿，发现没见过这个牌子，居然用手机上网搜了一搜，结果没搜到。

我觉得她这样找不到，就说，加一下微信，我发给你。我把淘宝链接发给她了，后来她一口气在那家店买了一后备厢的衣服。

我还是安心吃我的烤肉吧。人生总是要有肉，这是我家老太太常说的话，她说不吃肉会营养不良，营养不良会长不高。

我觉得我今年刚十八岁，还可以再长长个儿。

"嗨，你好，你是陆的朋友？"

我点点头。

“女朋友？”

我摇摇头。

“那就好，我是祝坦坦，很高兴认识你。”

这个叫祝坦坦的男生和陆一欧是一个路数的，说话笑笑的。

“你好，我叫刘三叔，这里唯一身家过万的人，很高兴认识你。”

《梁山伯与祝英台》的段子我新编了好几十个，知道有钱人家婚姻不自由，早点亮明身家，不会让对方走入歧途，好看人上菜，大家才能结下永世之好，再也不见面。

“哈哈哈，你真有意思。”他毫不介意，看样子还挺高兴的。

“我没有意思，我就想吃肉，我等了半个小时了。”我真诚地对他说。

他又笑了，想吃肉有什么好笑的。

他说带我去烤炉边等肉，我很开心。

陆一欧又结束了一场“最近可好，可还顺利，宾夕法尼亚真是好好玩啊”之类的谈话之后，看见了我和祝坦坦，他走了过来。

陆一欧说：“你俩怎么在一起？”

祝坦坦说：“我给她拿烤肉。”

陆一欧说：“不用你拿，我来就好。”

祝坦坦说：“没事，我挺喜欢这姑娘的。”

陆一欧说：“你居然喜欢伪娘。”

我奓毛：“你才是伪娘呢，上那边玩去，不要妨碍我吃肉，我回去就不告诉唐缇。”

陆一欧没走，祝坦坦也没走，俩人一起站在烤炉边帮我催着炉子上的肉。

左边的祝坦坦说：“好了先给我，烤得嫩一点，你这个地方没刷上油，再刷一点。”

右边的陆一欧说：“快一点烤，好了给我，我这儿等半天了。”

烤肉的师傅有点胖，被他俩催得一会儿翻面，一会儿刷油，一会儿撒调料，这么冷的天，汗出得和水龙头一样。我很担心一会儿胖师傅会把铲子甩飞，然后豪气地大喊：“你自己来！”

然后我又幻想了接下来的场景，陆一欧从兜里甩出一沓钱大喊：“你来！”

脑中小剧场实在逼真，我忍不住哈哈哈地笑了起来。

这个场面聪明人一看就能看出来：祝坦坦应该是个花花公子，成天游戏花丛；陆一欧为了不负唐缇的嘱托，全心全力地要把我看护好，所以才撵他走。我觉得他其实完全没必要有这个顾虑，今天我洗了脸之后只搽了点大宝，脸除了嫩嫩的，也没别的优点，旁边还有那么多好看得晃眼的姑娘呢。

“我能试试么？师傅。”我觉得他的汗流得太吓人了，再流一会儿，衣服都湿透了，感冒了怎么办，挣点钱不容易，现在药太贵了。

“你会吗？”陆一欧质疑我。

“小心别烫到手。”祝坦坦关心我。

我拿起夹子开始给肉翻面：“放心放心，我们家经常拿着小炉子去公园里烤肉，就我手艺最棒，烤出来的肉别提了，特好吃，有时候我觉得我要是不说相声开个烧烤店也能发家致富。”

其实是我两个姐姐嫌烟大，而我家人又觉得既然以后要让我招赘，没有几手绝活怎么让人家父母把男孩子交到我手上呢？于是教育我从小开始，技能越多越好，烤肉这个重担就落在我身上了。

“有剪肉的剪刀么？这儿得剪剪，要不一会儿不好咬。”我转头问刚要进屋休息的胖师傅。

烤好了肉我先分给了祝坦坦，陆一欧瞪了我一眼，我赶紧又夹了一块肉给他。

祝坦坦一边吃烤肉一边说：“真好吃，没想到你手艺这么好，下回能不能尝尝别的？”

“不能，下次你们不会再见了。”陆一欧挡在我身前，像护小鸡一样。

本来我心里已经认定了祝坦坦是花花少年了，不想搭理他，陆一欧总拦着我，我却觉得不妥。我心想，你不是已经追唐缇了吗，护着我干什么？不能招赘回家，调戏调戏也行啊。这么大好的深秋，春天还很远啊，我体验体验不行么？光搽大宝护肤霜的我从进大学起就没被人追过，我很期待啊。

“下次我做红烧肉包给你吃！”我把脑袋探出陆一欧的身体，对祝坦坦说。

祝坦坦笑着点了点头，拿着烤肉就走了。

天有点黑了，风很大，炉子里的炭火被风吹得一会儿亮一会儿暗的，我看不清楚陆一欧的脸，但是我觉得他有点生气。

他生气个什么劲?

“不是吧你,至于么?我就先给人家块肉,你家那么有钱,买个肉山都行,为这个您就生气了?”

“你以后离他远点。”他的声音听起来嗡嗡的,带着回声。

“怎么的?你俩有仇?”我很好奇,觉得这会是一个好故事。

祝坦坦和陆一欧家,关系密切,密切到从小一起长大,他们是表兄弟,祝坦坦就比陆一欧大一天,就大一天,也得叫哥。

哥哥让着弟弟这出戏码你在现实中根本看不见,多的是:

妈妈他抢我的小汽车。

妈妈他拿枪打我。

妈妈哥哥出门不带我玩。

妈妈:你怎么不和哥哥比比学习。

说不清道不明的看不顺眼,反正从小就互相看着难受,也不是一天两天了。

真幼稚!我是小汽车?

“你跟我出来的,你知道不知道?”他质问我。

真幼稚!我带你出门玩的,好不好?

哎,童年是一个人最真实的面孔,你想看谁的真面目,就领着他回忆童年。平时老年组慢吞吞温柔的陆一欧此时此刻满眼都是抢不到的小汽车,声音愤恨,情话技能消失,噎人都不会了。

我今年已经十八岁了，不能和五六岁的陆一欧计较。

我踮脚摸了摸他的长刘海，一顿安抚，吃了肉就带着陆一欧和他们一起玩游戏去了。

游戏节目：筷子夹弹珠。

游戏规则：准备一双或多双筷子（依据分组数定），准备盆子若干（需稍微大一点），弹珠若干，把弹珠按相同数量放置在盆里，加水掩过弹珠，再准备一个弹珠跳棋的棋盘，口令喊开始后开始计时，参与者开始用筷子夹弹珠。在一分钟内夹出来弹珠最多，并且都在棋盘上的选手获胜。

陆一欧本来想和我一组，但是输了有惩罚，就是喝一杯纯的洋酒。一米九的男生要和陆一欧组队，他看了看我，就跟着一米九走了。

他走了以后，祝坦坦就过来了，我俩就组了另一对。

比赛一开始就特别激烈，双方豪门子女都和我家邻居一样呐喊助威，桌子上的酒一杯接着一杯地空了。

轮到我和祝坦坦的时候，对手正好是陆一欧和一米九。一米九首先和我开战，开战之前还彼此说了些挑衅的话。

一米九：“You！”他伸出一根小手指摇了摇。

刘三叔：“瞧好了您呐。”

一米九一开口就知道是国外待久了的孩子，筷子使得哪有我溜——我夹油炸花生米从来没失过手，夹粉条从来没断过。不到三十秒，我就取得全面的胜利。

接下来就是陆一欧对战祝坦坦了。

陆一欧："等着喝酒吧。"

祝坦坦："我先敬你。"

浓浓的火药味弥漫在弹珠跳棋盘上。

陆一欧快人一步，先夹了一个弹珠放在棋盘上，祝坦坦紧随其后，两个弹珠也安稳地落了下来，俩人都没有失手。

照这样下去，我觉得今天陆一欧的大仇可以报了，没想到陆一欧最后一颗弹珠不给他长脸，一个旋转翻滚三百六十度就掉下去了。

祝坦坦取得了胜利，我在旁边拍手叫好。

陆一欧拿起酒杯看了我一眼说："你个叛徒，等我回去收拾你。"

说完就拉着我走了，理由十分光明正大——我们先回去了，一会儿学校宿舍该关门了。

回去的路上，陆一欧因为喝了酒，找了代驾，我和陆一欧并排坐在后座上，他不胜酒力，五秒钟不到就睡着了。我想起了他刚才说的话，掏出了剪烤肉的小剪子，偷偷地，悄咪咪地，把他挡眼睛的长刘海，贴着额头，剪掉了。

代驾司机听见声响回头看了看我，又看了看陆一欧的刘海。我晃了晃手里的剪刀，司机和气地笑了笑。

回学校的路一点点颠簸和急刹车都没有，十分平稳。

我拿出手机给陆一欧摆好了造型拍了个照片发给了祝坦坦，还发了一个笑脸。

既然是叛徒，怎么也得做得合格点，不和祝坦坦互留一个微信我都对不起“叛徒”这个名字。

希望明天太阳高高的，阳光足足的，晒黑陆一欧的白脑门，并且我十分期待他的精彩表现，打架我可不怕，哈哈哈。

晚安，各位。

「第三回」

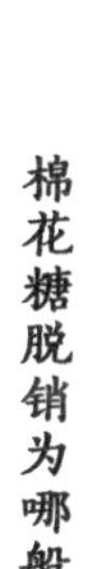

伍角星捞金圣诞节 棉花糖脱销为哪般

陆一欧被我剪了刘海之后，报仇的信念非常强烈。我的意识中时常会有他坐在我脖子上把我坐死这么一个片段。我为这件事做了好多预防性工作，比如给他上网淘宝了三个颜色的假刘海；比如自己从家带了个饭盒，每次中午在相声社等到开饭的时候，就迅速夹几个菜装到饭盒里，然后大义凛然地说我去好好复习功课；比如，删掉了置顶在微博上的陆一欧的照片。

还好后来唐缇回来了，她保护我，让我有了底气，于是就又把微信头像换成了陆一欧的照片。

唐缇最近变得酷炫了很多，回宿舍第一天就把蕾丝吊带睡衣给我了，自己穿了一身连体激光色的睡衣，看起来和未来女战士一样。

现在晚上的室外气温特别冷，蕾丝睡衣这个物件虽然我以前也心心念念想买一件，但是现在穿有点像是要为医疗事业做贡献。想了想，我还是省了这份心，继续穿我毛茸茸的红格子睡衣。

伍角星神出鬼没了一段时间之后，突然回归相声社，然后大声宣布——已经到十二月了啊，圣诞马上就要来了，虽说西洋节日和我们没什么关系，但这可是个大好的商机。

商机？我有种不好的预感。

伍角星意气风发地看着我们，一副“你们等着大惊喜吧”的表情，然后又消失在茫茫人海中。

我和林茂增坐在相声社的角落里玩翻绳和成语接龙，伍角星走了以后，我们觉得“商机”这个词非常好，于是彼此会心一笑。

他双手翻了一个小山：“机不可丝（失）。”

我双手翻了一个牛槽：“失不再来。”

他双手翻了一个水井：“来四（势）汹汹。”

我双手翻了一个蜘蛛网：“汹涌澎湃。”

游戏结束，我取得了胜利。

我回头朝正在跟唐缇装小可怜的陆一欧他们比了一个胜利，他俩谁也没有看我。

陆一欧用一个几乎挡住了半张脸的鸭舌帽遮住了被我剪残了的刘海，虚弱得连核桃都捏不住了。唐缇强烈要求看一眼，保证不笑，谁笑谁是小狗。陆一欧不确定地看了唐缇一眼，唐缇给了他一个坚定的眼神。

两分钟后，唐缇爆笑，结尾还说了两声“汪汪”。

我看了看时间，打工时间也到了，于是趁机溜去了学校食堂。同学们的肚子还在等着我，等我回来，说不定陆一欧就消气了。

对于为什么我要去学校食堂填满同学的肚子这个事，我觉得有必要详细说一说。

想当初我面试相声社团的时候，伍角星十分看不上我，我不服气，他还给我举例证明了一下。

理由有三：

1. 我不会打麻将。

2. 我看起来肢体不协调，运动神经不发达。

3. 我们这里不收姑娘。

打麻将这个事情我先抛开不提，也不管说相声究竟要做什么样的运动，单单最后一点我就不服。

我指着唐缇说："那为什么你让她通过了，她只是陪着我来的。"

伍角星改了一下第三条：我们这里不收难看的姑娘。

我看了看唐缇，满腔怒火无处可发，又辩解不了。

硬的不行，只能来软的，我家老爷子总是告诉我：成大事者，不拘小节。

我觉得相声这个兴趣爱好我是绝对不会轻易放弃的，于是大声告诉他："只要你让我进相声社，你让我做什么都可以！"当时我真是太年幼，以为进了相声社就是真真正正地钻研相声去了，现在回想起来，只能感慨，谁没天真过。

豪言壮志一出口，伍角星挑了挑眉，还是无动于衷，还回了我一句："没门。"

这时候还是陆一欧比较贴心，给我递了一瓶水，说："润润嗓子，我怕一会儿起火。"

伍角星不录取我这件事激起了我的斗志，每次下午没课的时候我就去相声社门口大声地念相声小段，声音洪亮而且声情并茂，没有一点不好意思，反正我天生就是这么随性喜欢起哄架秧子的主。

果然没超过半个月，这位社长就受不住了："你要是能每个月交社费我就收了你，并且还得一直在学校食堂打工挣钱交社费！"

我们学校食堂也是个热门岗位，不但每天吃饭不花钱，还能给自己喜欢的同学多打饭，好多勤工俭学、自力更生的学生都纷纷报名。

学校食堂阿姨可比伍角星好对付多了，我一段"杨贵妃"还没夸奖完，阿姨就让我在学校打饭员这个岗位上就职了。

我到了食堂之后，发现我多了一个新同事，新同事的名字叫甄甜，就是那个纯情得只谈过一次恋爱，还没亲过嘴就分手的隔壁室友。

不知道是谁和甄甜说：不要总憋着自己，给自己找点事情做，就不会那么难过了，要多学学刘三叔。你看她，上次考试除了大学语文其他的都挂了也还云淡风轻的。

甄甜信了，于是为了"让自己忙碌起来"和"向我学习"两不误，她也来了食堂打工。

甄甜是个学习刻苦的好孩子，能上大学完全是自己的本事，而且专业也相当不错。不像我，我是艺术特长生，而且当年招生的时候，投报相声专业的人十分稀少，所以我才上了大学，说起来都是奇迹。

打饭之前，甄甜掏出了一个小本本对我观察了一下后开始写东西；打饭结束后，甄甜根据我在打饭时的表现，又拿出了小本本，一边回忆一边记在小本本上。

我再一次涌起了想带她去滑滑板之情，毕竟那里男的还挺多的。

打饭结束之后，我踏着我的小滑板飞一样地回到了相声社吃午饭。一进门，我傻眼了，屋子里堆了六个编织袋和一地的东西。

“这是什么？”我走进去捡起了一个像雨伞一样的东西。

伍角星藏在一个编织袋后面抬头看了我一眼：“展示架。”

我又拿起了一个塑料盒子：“这又是什么？”

“展示架。”

我抬头看见唐缇、林茂增和陆一欧齐齐坐在沙发上看着这一切，也乖乖地过去坐好了。我坐在唐缇的身边，她身上特别好闻，有一股淡淡的清香。

我又往她身边挪了挪：“这是什么？”我再次提出了疑问。

“商机。”唐缇回答我。

我又问：“什么是商机？”

伍角星从一个大纸箱里拿出一个四四方方的铁皮盒子给我们看。

“看，这是我刚和我一哥们借的。”他得意扬扬的。

我们四个齐齐地看过去。

我校学生会通过学校领导的同意，为了让大家大学生活过得充实而有意义，团结而和谐，决定举行一次小型的集市活动。

集市活动在圣诞节三天举办。

学校各个社团可以申请报名参加，每个社团一个摊位，大家可以在自己的社团售卖和自己社团文化相关的东西。

伍角星提前得知了这一消息，回去好好地筹划了一番。本来他是想提前通知我们的，谁知道他每次来社团都只有陆一欧在或者谁都不在，就决定自己先撸起袖子干了。

得知这一消息的我，看了看地上的展示架和陆一欧手里的大铁皮，开始思考这些东西到底和相声有什么关系。

林茂增今天很利落，从我看见他开始，他就没有打拳也没有频繁地看手机。只见他这时又问："辣（那）我们到底卖什么？卖展四（示）架？"

伍角星微微一笑，把铁皮盒子放在椅子上，插上电源，把一个红色晶体倒在了机器里面。只见他左手拿了一根棍儿在机器里摇了一摇，接着又换右手，不一会儿，一个粉色糖葫芦形状的棉花糖出现在了我们面前。

棉花糖？这和说相声有什么关系？相声社和棉花糖有什么关系？

我举起手来，提出了质疑。

伍角星接着又"唰唰唰"地做了四个棉花糖，颜色分别为红、橙、黄、绿，我们一人一个。伍角星觉得卖快板和扇子一定会变成直销的，直销的商品他不能做，于是每天下了课就四处转悠，寻找一切可能的商机。直到昨天，他发现了这个——棉花糖。

首先，他成立相声社的目的是为了当社长。因为这个学校那时候还没有相声社，他本意是做一个有限公司社，但是学校不同意，于是就成立了相声表演社。

他一直梦想着能做一名合格的商人，以后叱咤商海，成为某一个产业的大鳄，所以一直醉心于各种小买卖。这次的活动他想了很久，虽然“相声社”这三个字给了他很多的限制，但是并不能阻挡他前进，为此他还跑去德云社听了三天相声。

最后，他终于知道我们要做什么了！

相声的本质是让人开心，坐在那儿两个小时，连续听半年，估计不用运动都能笑出腹肌。糖也能让人开心，听说是刺激了大脑神经，可以让人兴奋和放松，虽然吃糖不能出现腹肌，反而会有小肚腩，但是大致的方向是一样的。

他想了一个办法把棉花糖和相声联系到一起，具体就是，来我们相声社买棉花糖的同学均有一次免费获得棉花糖的机会。方法就是，和我（刘三叔）比赛说笑话。我要是赢了，对方就要付钱；我要是输了，就免费送他一个。

我再次举手提出质疑：“为什么是我？”

他看了我一眼说：“因为就你会说相声，我们可是相声社。”

你们打麻将的时候怎么不说是相声社！

像这种“机器是借的，糖是低成本”的东西得到了大家的一致同意。

我回头看了一眼陆一欧，想着，还不如您老带几个新的VR眼镜来，给他们放几段马三立老师的相声来得好呢。一次多人，一人五十，这才是薄利多销啊。但是我转念一想，我前几天刚把他的刘海剪了，实在没有勇气说这话，于是只能少数服从多数愤愤不平地同意了。

除了我的职位已经安排好了以外，他们几个都没有分工。在请了几个保洁把我们这儿打扫一新，又贴上墙纸、摆上柜台之后，他们才想起来这件事。

经过商议，陆一欧负责清扫和装修已经尽职尽责、鞠躬尽瘁了，所以他不仅不用干活，还可以免费吃棉花糖，哪怕是他想吃个核桃色的棉花糖，也得尽力满足他；唐缇长得过于好看，站在门口迎宾不合适，这会导致女生不愿意来，男生不敢带着女朋友来，对销量会有影响，所以委派她收银；林茂增的强迫症在这一刻得到了极大的展示机会，经过他手的调料盒和棉花糖一定会尽善尽美，人人惊叹，而且还会吸引一大票女生的惊叹，可以很好地帮助他脱单，所以他是制作棉花糖的匠人；伍角星嘛，他看了一圈大家的职能，觉得只有迎宾可以干，于是只好当迎宾。

迎宾的衣服本来是条兔女郎裙子，他一开始没想那么多，觉得唐缇穿上一定很好看，没想到唐缇因为太好看不能当迎宾，他拿着衣服咬了好几次牙，直到唐缇说会把兔耳朵变成老虎耳朵才同意。

伍角星为了事业也是拼尽了全力，见他双眼发光地看着远方，我十分心疼他。

我记得之前有一次我问过陆一欧为什么我们敬爱的社长大人那么

喜欢东买买西卖卖。陆一欧看了看我，给我讲了一个伍角星童年悲惨的故事：

伍角星出身于一个军人家庭，从小生活在部队大院里，父亲是有着杠杠星星的、刚正不阿的中国军人，级别不详。母亲去世得早，他爸没有把一腔热血洒在给他找后妈上，反而更加努力地工作和教育他。

零花钱不能太多，骄奢淫逸是坏习惯，我们要克制克制。

所以伍角星上初中的时候，每天零花钱还是五元这件事，深深地伤害到了他。他整日攒钱，有条理地规划着每一笔支出，真的成了他爸心中那个勤俭节约、克制良好的好儿子。

这个事情到伍角星上了高中之后也并没有得到缓解，零花钱虽然涨了，但是大部分都花不出去，因为它们全部存在饭卡里。多余的零花钱还是每个星期固定金额，一分都不多。

以前因为天天在家住，伍角星就算是存钱，金额也十分不乐观，直到上大学，这个情况才有所好转。因为他住校了，可以有时间赚钱了。

真是听者伤心闻者流泪，我想起了我以前那种小太爷的日子，很是羞愧。

听完这个故事的第二天我给伍角星买了一兜零食，里面有虾条、果冻、薯片、士力架、辣条等等。

伍角星一脸不屑地看了一眼，然后问我：“这是干什么？”

我满脸善良地看着他：“你是不是都没吃过，来，尝尝‘北冰洋’。”

伍角星把‘北冰洋’全部拿出来放在桌子上，然后对我说：“谁没喝过‘北冰洋’？”

陆一欧等伍角星走了之后，看着我笑了半天说：“干得漂亮。”

我猜得没错，伍角星没怎么吃过零食，自己舍不得买，老爸管得严不给买，现在可以买了却觉得一个男人整天在超市买零食很不美观，于是一直也没吃过这些东西。

言归正传，继续说说我们从此以后可能会卖艺的一帮人，变成了实实在在的买卖人的故事。

林茂增这几天苦练棉花糖绝技，每天只要我们一到相声社，就能看见屋子里各个展架上放着各式各样的棉花糖，过了一会儿之后，我们的舌头也变得五颜六色的。

彩色棉花糖虽好，但是会染色，这是大家以前都不知道的。

伍角星吃了一个蓝色棉花糖之后，整个嘴唇都蓝了，像中毒了一样，很是惊悚。

林茂增居然还想让他再吃一个黄的，被他拒绝了，他觉得黄嘴唇更加惊悚，因为陆一欧的嘴已经变成了紫色。

唐缇还好，只是红得过于鲜艳了。

我看着林茂增辛辛苦苦地做棉花糖十分不易，于是吃了那个造型像安哥拉兔的棉花糖，吃得我一嘴的黄色素。

大家看着自己颜色鲜艳的嘴唇，再看看林茂增，觉得十分不公平，于是一人拿了一个颜色棉花糖逼着林茂增吃了下去。林茂增看着自己吃完棉花糖的舌头都要哭了，脸上还红橙黄绿地交替发光。他下意识地想去刷牙，被我拉住了。

我把林茂增推给唐缇说：“把人给我看好了。”

然后拿出拍立得，站在前面给我们五个人拍了个合影。

“咔嚓”一声结束了以后，他们四个纷纷跑出去刷牙了，只有我慢慢地摇着照片显影。

真好看，花花绿绿的男男女女啊。

圣诞节这天终于到来了，各个社团纷纷支起了自己的摊子，学校大楼里吆喝声不断。

摄影社的主打是——我为你拍一组青春的照片，价格低廉。

围棋社的主打是——今天你和我比赛，明天就能打赢阿尔法狗。

天文社的主打是——我这儿有一颗你没见过的星星，请你为它命名。

外语社比较厉害，直接做了一出莎士比亚的舞台剧，按照人头收门票。

我倒觉得这个才是我们相声社该干的事情啊。我回头看了他们几个一眼，然后了然——的确，他们谁也干不了。

我一个人坐在相声社里拿着小抄默默地记着段子，想着一定要成功，今天不能有任何送出去的棉花糖，要不然我都对不起自己从小早起辛苦学艺。

这时，进来了第一个客人，伍角星晃着白色的老虎耳朵说：“欢迎光临。”

我抬头一看，进来的是甄甜，她默默地往后退了一步，然后小声和唐缇说：“给我来一个白色的。”

伍角星觉得有必要宣传一下我们店的特色，这样她买了棉花糖回去之后，可以帮我们宣传，真是大大地方便。在他声情并茂地讲了一顿之后，甄甜的眼睛里发出了光，她把钱交了以后，说一会儿再来拿就走了。

伍角星得意扬扬地看着我们：“你们等着吧，一会儿会有一大拨女生拥进来。”

店里又没客人了，我们几个安安静静地坐着，等待着一大拨女生拥进来。

过了好一会儿甄甜才回来，回来之后她对伍角星说：“我可以坐着吃么？”伍角星点头同意。

于是她接过了棉花糖，坐在角落吃了起来，时不时拿出一个小本本记录着什么。我一看，往天上翻了一个白眼。

又来了，到底是谁给她出的馊主意!

一大拨女生没有拥进来，我们店里还是安安静静的。

唐缇坐不住了，她站起来对伍角星说：“你也去门口喊喊。”

伍角星走出门口，拿着易拉宝对唐缇说：“我这海报上写得清清楚楚的。”

唐缇说：“可是我们在五楼。”

伍角星很无奈，只好走到门口，气若游丝地喊着：“快来啊！我们这儿有好吃又便宜的棉花糖。”

无果。

过了一会儿，他又气若游丝地喊：“棉花糖哦，五颜六色的棉花糖。”

我瞪了他一眼，平时训我的精神头儿都哪儿去了，真是尿包。我转头看了一眼窗外，叹了一口气之后大喊：“快来吃棉花糖啊，我们这儿有陆一欧！”

陆一欧听见我这声大叫之后吓了一跳，赶紧把帽子压得更低了一点。

我接着喊：“要不要吃棉花糖，我们这儿还有伍角星，他俩都单身。”

十分钟的工夫，我们的店门口排起了长队。

唐缇默默地对我竖起了大拇指，林茂增的眼睛放着光，好像大战即将开始。

我把手里的小抄放回口袋里，信心满满地等待着。

笑话第一段（高能预警，下面很污）：

有一天两只小熊闲得无聊没事干，于是决定来一次比赛，可是青青草原上除了青草和大树什么也没有，于是两个小熊决定比赛谁拉的屁屁形状奇特。

第一轮比赛，小白熊拉了个圆圆屁屁，小黑熊拉了个直线屁屁。

第二轮比赛，小白熊拉了个问号屁屁，小黑熊拉了个双引号屁屁。

比赛十分火热，引来了很多人围观。

不一会儿有一个小黄熊路过，觉得它们的屁屁实在很没有创意，于是转身也拉了一个屁屁去参赛。

小黄熊很厉害，它拉了一个等边三角形的屁屁，众动物皆惊叹，纷纷问它怎么办到的。小黄熊很不好意思，食指和拇指挨着，然后把两个手的食指和拇指对在一起，小声地说："我捏的。"

哈哈哈哈哈哈哈哈。

笑话第二段：

有一天小明的妈妈和小明一起看电视，小明的妈妈因为加班回家很晚，所以想看点轻松的节目放松一下。

小明问妈妈："妈妈你想看什么？"

小明的妈妈说："那个黄色的发糕叫什么？我想看那个。"

小明很疑惑，想了又想，然后不确定地问："你说的是，《海绵宝宝》？"

哈哈哈哈哈哈哈哈哈。

笑话第三段：

有一天公主到御花园赏花，见一簇菊花很是好看，问："这是什么花？"

随行太监笑着对公主说："贡菊。"

公主："嗯？你是广东人？"

哈哈哈哈哈哈哈哈，这个笑话我笑了好几年。

（以上笑话均不是我编的，如有雷同，只是推荐，绝非抄袭。）

我自信地以为我只要有这三个笑话一定无敌手，今天绝对不会免费送出去任何一个棉花糖。

结果，我们当天果然收入颇丰，没有送出去一个棉花糖，因为根本没人和我比赛。姑娘们对我们的棉花糖十分喜欢，买了之后继续重新排队，只为了从伍角星或者陆一欧手里接过那一个个五颜六色的棉花糖，并且害羞地一笑。

一开始我们都没觉得什么，后来大家的嘴巴颜色太惊悚了，唐缇为了照顾我们的视力，给我们发了墨镜，真是大恩人。

卖完棉花糖已经晚上九点半了，宿舍马上就要关门了。陆一欧、伍角星和林茂增的两个胳膊都抬不起来了，纷纷恨恨地盯着我。我拿着钱箱朝他们晃了晃，伍角星和林茂增笑了，觉得再有两天也没问题。

陆一欧还在恨恨地瞪着我，模样比我剪了他的刘海还可怕。

接下来的两天，陆一欧说病了没有来，在家里做了整整两天的全身按摩。

但我们销量还是一路攀升，成为所有集市里卖得最好的一家。

陆一欧不来了以后，我上午喊“这里有伍角星”，下午喊“我们这里有唐缇”，赚得盆满钵满。

「第四回」

刘三叔委任传后代
溜冰刀搭讪有缘人

大学的第一个寒假，也是我满十八周岁以后要度过的第一个新年，家里人很是重视，还把我爷爷奶奶从海外的大爷家里接了回来，打算全家欢度团圆。

爷爷问我："小孙砸（北京话中孙女的用法之一，表溺爱），来爷爷这儿，最近相声练得怎么样啊？"

我回答道："您儿子也就是我老子，寒假第一天就把我叫去茶馆继续说相声了，真是一点时间也没耽误。"

爷爷又问我："那你给爷爷说说，学校住不住得惯啊？有没有相中的男孩子，带回来给爷爷瞅瞅？"

我又回答道："学校倒是不错，尤其是伙食，我脸都圆了，不信您捏捏。男孩子嘛，爷爷，您别着急啊，我这才刚刚长开呢，您说是不是？再说，人生在世，岂能时时想着儿女情长那点小事，多耽误年轻人追求梦想。我还想仗剑走天涯呢，我还想出名呢，我还想发扬中国传统艺术事业呢，哪能这么堕落，这事儿您就甭问了，以后总会有千千万万的少男哭着喊着求我收了他们的。”

我爸站我身后越听越生气，一脚就把我踢了一个小趔趄，然后大骂道：“就知道贫，一会儿不念完一百个绕口令不准出来吃饭，还发扬中国传统艺术呢，你先捋好你的舌头。”

我晚上借着学习的借口跑去了唐缇家，一进她家我就急着找水喝。先不说我念绕口令费了多少唾液，单说我家今天晚饭，我家老太太可能是抢劫了卖盐的，菜齁咸，真是砸招牌。我一顿饭的工夫示意了我妈好几次，她都假装没看见。我在家抢不到水喝，跑到唐缇家猛灌了一大缸子还是不解渴。

唐缇的卧室，是我梦想中的卧室，粉嫩、梦幻，有气球，还有蕾丝，简直就是公主中的豌豆公主风格，那床一坐下去整个人都跟着陷了下去。

我抱着唐缇的四个娃娃，躺在她的床上，舒服地呻吟了一声。

唐缇说：“三叔，伍社长说，最近没什么事，叫咱们几个在北京的一起聚聚。”

我挥了挥手，示意别吵我，让我好好享受一下。

伍角星也给我打电话了，但是打电话的时候我正巧在我家茶馆练相声呢，怕我爸听见点什么，只能点头“嗯嗯嗯”的，然后挂了电话。

出去玩玩也挺好，不过最近我想出门还得先请示，来唐缇家还是提前申请好的，我得想想办法。

寒假的日子我过得很是平常，白天在我爸的茶楼里说相声、嗑瓜子，晚上回家享受天伦之乐，看看中央三套，听听评书广播。

一天早上，我在阳台练完贯口之后，我爷爷提议让我和他出去遛遛弯，逛逛早市。我心里嘀咕，这不是应该奶奶陪您去吗？您会砍价吗？我心里这么想着，嘴上不知不觉地就说了出来。爷爷围着围巾看了看我，戴上了暖帽，又拿了一个袋子和我说："你奶奶和你妈妈已经去了，我们找她们去，你奶奶出门没戴手套，我给她送过去，正好你也帮着拿拿东西。"

真是恩爱，我被重创了一下，捂着心口，难受不已。

"走吧，听说她们今天要买好多东西，别累着她们。"爷爷已经开始穿鞋了。

没法子，只能我受累了，谁叫我是个孝顺的晚辈呢。我三下五除二就穿好了衣服，开门比了个请的手势："老爷子，您走着。"

我爷爷一个大帽子给我扣了下来："外面冷着呢，现在的年轻人怎么都这么不爱惜身体！"

帽子是我大爷在俄罗斯旅游的时候买的，那叫一个毛多，那叫一个厚实。寒风猎猎，我不仅不冷，还出了一脑门子汗。

走到我家附近小公园的时候，迎面来了个一把白胡子的老头大喊着："嘿，老刘。"

爷爷回头一看，也浑身一抖，中气十足地回他："老谭。"

两个老爷子激动地互相走来，站定在一棵没有叶子的树下，寒暄了起来。

我闲着无聊，放下滑板开始围在他俩不远的地方绕圈圈。

没过多久，我爷爷就开始喊我："三儿，过来见见你谭爷爷。"

我滑着小滑板就过去了："谭爷爷好。"

谭爷爷说："好好，这闺女长得真是讨人喜欢，我把我家那几个也叫来，那几个小子不放心我，非得跟我一起来。"说着回头也喊了一声。

没一会儿，四面八方走过来五个男孩子，大的和我大爷家的大姐差不多大，小的比我还小。

谭爷爷又说："叫刘爷爷，这可是你爷爷我的老相识了。"

"刘爷爷。"五个男生齐齐喊了起来，我爷爷听了又是一个哆嗦，估计是声音有点大，风也大。

谭爷爷是我爷爷的好朋友，年轻的时候俩人一起参加过革命运动。本来俩人关系非常好，经常在一起吃吃花生米，喝喝二锅头。后来，我大爷、我二大爷、我爸一个接着一个地生闺女，谭爷爷的五个儿子一个赛着一个地生儿子，我爷爷一个无力回天的大忧伤，就跑到国外的大爷和二大爷家轮流住去了，很少回来。

这五个孙子都来陪老爷子晨练的场景，给我爷爷上足了眼药，让我爷爷很是眼红，挨个儿地夸了几句，就借机说要走了。

谭爷爷心领神会，再见的时候还说："晚上到我家下棋啊，我等你啊。"

爷爷摆了摆手，笑得一团和气：“没事我就过去。”

分开之后，我爷爷每走两步就看我一眼，看我一眼就叹口气，叹气之后又遥望一下远方。这场景让我看了都心有不忍，想安慰两句吧，想想我妈这么大把年纪实在是不能生育了，给我爸找小老婆，我妈也不能同意。一路胡思乱想着，就这么畅通无阻地走到了早市。

我妈和我奶奶十分好认，没走三个摊位就看见了她们。

此时此刻，我特别想造个句子：

虽然我妈妈和奶奶年纪大了，但是身体非常好，她们不仅不怕冷，手心温热，还一人拎了两个袋子。

我妈妈和奶奶两个人不仅身体很好，还十分会过日子，她们分别声情并茂地和我介绍了手里的菜和市场价差了几毛钱，样子十分愉悦。

这才第几个摊位，她们就买了这么多，我只能说我爷爷真是有先见之明。

爷爷给奶奶递过了手套，我把我的手套递给我妈。她俩逛得十分认真，半点也没看出来我爷爷哀怨的眼神和我拎着一大堆东西气喘吁吁的样子。

回到家我爷爷就把自己关进了房间里，我奶奶过了好一会儿才发觉那个总是跟着她的老头子不见了，进屋去寻爷爷。

我趁着这个空当去厨房找正在择菜的我妈。

“妈，您昨天的菜也做得忒咸了，这么多年您从来不这样啊，怎么非得在全家团聚的时候砸自己的招牌，您说我说您什么好，我上学才这么几个月您的技艺就退步成这样。虽然我不在家里吃饭，但是我爸总得吃吧，他就从来没提出过抗议么？”

我一回家就发现舌头灵敏了许多，可能是在学校太害羞，怎么也不能施展我的一技之长，要不然和陆一欧他们吵架怎么会输。

我妈伸了一根食指在嘴唇上比了比，让我小声一点。

“昨天那盐是奶奶放的，你奶奶以为我没放盐，又放了一遍，你爷爷后来也来了，又放了点，说你爸从小就口重，再来点他吃得香。”

我对我妈的技艺没有退步这件事非常高兴，听清楚了事情的原委，赶紧拍着胸脯打包票说：“您放心吧，从今往后，您做您的饭，爷爷奶奶那儿我陪着他们，肯定不让他们给您捣乱。”

当天晚上，我就后悔了。

奶奶今天倒是没有进去厨房帮忙，反而坐在沙发上陪着爷爷看中央三台。爷爷一脸哀怨，让人心疼，连平时看两分钟就笑一声的声音也没了。

我爸下班回来后发现情况不对劲，就拉过我来问话。

父：“爷爷怎么了，你是不是惹他不高兴了？”

我：“没有哇，您不能总这么拿有色眼镜看人。”

父：“那到底怎么了？”

我：“今儿一早我陪爷爷出门，碰见谭爷爷和他的五个孙子了。”

我爸老脸一红，看了看屋里被逼着考研的姐姐们和我，决定先去督促一下姐姐们的学习再去看爷爷。

儿女命这回事啊，真得看缘分，但是我从小就对重男轻女不乐意，凭什么啊，女儿就是泼出去的水，男孩才是顶梁柱？

我妈生我的时候虽然罚了款，但是我依旧拥护国家。因为墙上的标语都写得非常好，其中有一句我印象非常深刻，小时候甚至还摘抄了下来，要不是学校当时禁止和早恋相关的一切言语，我都想拿来当座右铭了。

“生男生女一样好，女儿也能传后人。”

我进屋打算安慰一下老爷子。

“爷爷，您别难过，不就是没有孙子么，男孩有什么好？这些年您可不知道，谭爷爷家那几个小子没少惹麻烦，今天逃课明天打架的，谭爷爷花了好多钱呢。您看我们家，什么时候出过这样的事，咳咳，虽然我也打过架，但是怎么也没往咱家抹黑啊，谭爷爷那几个孙子打架根本打不过我，您就别伤心了。”

爷爷一听，瞬间湿润了眼睛，奶奶一看赶紧拿来了纸巾给爷爷擦眼睛。

爷爷哽咽地说：“那是男女的问题么？那是有没有出息的问题么？你大爷家的姐姐们和你二大爷家的姐姐们一个个都考上了名牌大学，我炫耀过吗？我一辈子和他斗气，别的方面我样样都能赢，就这件事，我输了，我跌面儿。”

原来爷爷和谭爷爷的感情不如传闻中的那样好。

爷爷把湿了的纸巾往奶奶手里一塞，转过头来对我说：“孙儿啊，你现在也大了，大学里有好多男同学吧？有空仔细瞧瞧，有好的就先往家领领，让爷爷先看看，也不掉块肉。爷爷这么大年纪了，每天都锻炼身体，就是指望着有一天能抱上重孙。”

“重孙”这两字威力太大，我听见之后整个人都晕了，和中了冲击波一样。

我才多大啊，我就得往重孙这个人生目标努力，这催婚催娃也催得太早了吧。

我不敢答话，爷爷就又说了起来：“找个男朋友回来吧，乖孙儿。”说完，居然还咳嗽了几下。

我一看情形不好，就出去叫我爸，把我爸从我姐姐的屋子里拉了出来。自己做的错事自己处理吧，这事又不是我让爷爷输的，父债子偿这个说法有是有，但是这个也偿得太让人不能承受了。

爷爷咳嗽这件事引起了全家人的注意，晚饭都没吃，全家人就开车去了医院。医生说老年人年纪大了，突然换了环境着了凉，有些感冒而已，回家好好养养就行了。全家人听完松了一口气，接着医生又说，给老爷子开点下火的药吧，火气有点重，回家好好孝顺着，别气着了。

医生说完这话，全家人齐齐看了看我，看得我一哆嗦。

远在海外的大爷和二大爷听说爷爷病了很担心，忙问原因，知道原因后纷纷给我打了电话，让我听话，孝顺一点，爷爷年纪大了，最近几年更是变成了小孩一样，动不动还会哭一下，有什么心愿能完成就完成着，反正也不是什么大事，现在我都成年了，可以开始谈恋爱了。

多方会谈的结果是：虽然我妈觉得我年纪还小，但是其他人却一致觉得我到现在都不知道什么是爱情，估计是脑子里缺了这根弦，早点体验也好，多增加点经验，顺便开开窍，省得以后被人骗了都不知道。又说现在都流行在大学里谈谈恋爱，毕业了，社会就复杂了，还是大学里好，人心简单，没那么多坏心眼，万一就瞎猫碰上死耗子找到一个了呢？

我心里疑虑但是不敢说出口——谁是瞎猫，谁是死耗子？

就这样，一个寒冷的冬天早晨，由于我没有像平常人家孩子一样在家睡懒觉，反而练了贯口，陪着同样早起的爷爷出门寻了一趟我妈和我奶奶，命运就发生了这样一个大转折。

全家人用一顿夜宵的时间，商议出了一个解决方案。相信大家也能想到，没错，就是让我快点谈个男朋友。虽然是为了完成我爷爷的心愿，但主要还是为了让我能开开窍，遇到难题还可以给各个姐姐打打电话请教一下什么的。反正我学习也不好，相声也不精，大多时候闲着也是闲着，不如现在努努力，早选还可能选到个好的呢，这都是说不准的事情。

我很想表示抗议，告诉他们我知道爱情是个什么东西，比如我们社团伍角星喜欢唐缇，林茂增喜欢唐缇，陆一欧喜欢唐缇，甚至连我也喜欢唐缇。

后来几天，我的时间就自由多了。

听说我要去见同学，我家老爷轻松地就放了行，再也没有拦着我。

我和伍角星、唐缇、陆一欧见面的时候，唉声叹气得简直不知道该怎么办才好。为什么别人家父母听见孩子恋爱了都和敌人来了一样，而我家却是反着的？

我哀号着：“你们说怎么办啊？”

伍角星事不关己，优哉游哉地说了一句：“那你就找一个嘛！”

我听了这话火冒三丈：“你说得容易，我和唐缇关系这么好，她那么好看，全世界男生都只会给唐缇写情书然后请我帮忙的，好么？”

他们三个不约而同地点了点头，我看了以后更加泄气。

其实作为“香火”的我早就想到了有这一天，但是没想到来得也太快了。

本来寒假大家都能出去玩玩，但是中国新年比较注重团圆这个词，春节亲戚很多，得挨个儿见见再游冰玩雪，所以春节前大家都没什么事情做，就约好时不时出来聚聚。

这天，伍角星又约我们去后海滑冰，大家纷纷表示赞同。

我穿着冰鞋在冰上游走，看看有哪个小子长得不错，就暗暗记下来，然后回去找唐缇，让她帮我要个电话。

我和唐缇说的时候，唐缇一口就答应了，但是陆一欧拦住了我。

我知道这小子心里在想什么，不就是怕竞争对手太多吗？万一人家真看上唐缇怎么办，虽然他家钱多，但是金钱又不能搞定唐缇，要不然早就成双成对蝶双飞了。

偏偏陆一欧给的理由很是有道理，连伍角星都十分认同。

“唐缇？你就别想了，她那么好看，她去要电话号码肯定是全都能给你要来，但是人家看见了唐缇还能看上你么？”

结果我还得自己去要电话。

第一个是戴眼镜的白皮肤男生，我走上去，想了想也不知道说什么，男生看我拦住他半天没说话，还问我：“有什么事？”

我硬着头皮说：“有电话么？”

男生一脸警觉地回答我：“停机了。”

第二个是脸圆圆的可爱男生，我吸取了前一次的教训打算更直接一点：“嘿，交个朋友啊，有事打打电话出来玩玩。”

男生一开口我就傻了：“我是女生，我妈不让我随便和男孩子出去。”

第三个最帅， 也最是惨败，我还没走到跟前呢，一个长头发的姑娘就走过来挎住了他的胳膊。

滑了一下午，一点收获也没有。

后来我们又出来玩了几次，每次出来我都哀痛我的遭遇和不幸，伍角星和陆一欧实在是听不下去了，几乎要和我绝交。但是我和唐缇要好，他们不想和唐缇绝交，这件事也就算了。不过为了防止我继续往祥林嫂的方向发展，他们开始给我出主意。

主意想了好几个，其中不乏让伍角星和陆一欧假扮我的男朋友，这样家里人能免了唠叨，我爷爷还能欣慰。

伍角星听了这个主意和我说：“租我当男朋友很贵的，你付不起，还是算了。”

我想了想也对，就转头看了看陆一欧，陆一欧转头看了看唐缇，然后坚定地朝我摇了摇头。

我想了想也放弃了这个念头。

最后唐缇给我出主意：“要不你找林茂增吧。他家是外地的，现在不在，等开学了之后你追他试试，他人老实还爱干净，平时你俩玩得也好，正合适啊。”

伍角星和陆一欧纷纷举手表示同意。

我回忆了一下林茂增，他人有点瘦，有点强迫症，爱干净倒是真的，总喜欢穿白袜子，而且白袜子都雪白雪白的。我俩玩得也不错，他棉花糖打得好，翻花绳也不错，找个人过一辈子得有共同的兴趣爱好，俩人能玩到一起去才是最重要的。

我想了想，深深地表示同意，决定开学就追林茂增。

当天晚上回家之后，我喜气洋洋地和家里人说：“我有喜欢的男孩子了，不过他家不是北京的，得开学才能见到。开学了以后我就和他表白，然后领回来给爷爷看看。”

爷爷高兴得很，心里一块大石头落地，整个人精神好了很多，晚上又和奶奶帮着我妈做饭去了。

这个新年我过得格外舒畅，光红包就比往年多了一倍多。那一倍是我爷爷给我的，他觉得我有出息还孝顺，该好好奖励奖励。再说，追男孩子也是要花钱的，手头紧可不好追，所以就多给了我许多。

我心想老爷子就是有经验，有见识，真是个好爷爷。

奖励完了，新年的钟声也敲响了，爷爷趁着新的一年到来之际和全家宣布，今年就不去我大爷和我二大爷那里了，就在我家住，好看看三叔领回来的男朋友是什么样的。

我觉得任重而道远，一定不能失败。

加油，刘三叔！

「第五回」

刘三叔锁定心上人
表错情狂虐负心汉

正所谓新学期新气象，大家好，我是刘三叔，过了年又长了一岁，希望大家都青春永驻，压岁钱不少。

新年之后，唐缇为了帮助我顺利地追到林茂增，抓着我在她家做了一系列紧急培训。

她郑重地写了几个问题：

1. 男生喜欢什么样的女生？

2. 什么样的事情会让男生有心动的感觉？

3. 什么样的求爱方式男生会更容易接受？

4. 皮肤护理以及衣着打扮小讲堂。

……

第四项听说很重要，唐缇在这项下面画了好几条红线，很是重视。

开学之后，学校里的课程并不是很紧凑，这正好有利于我的招赘计划。

开学之后，我发现林茂增长得顺眼了很多，果然情人眼里出西施，我觉得很有道理。

星期三下午我没课，但是林茂增有一节选修课。唐缇说近水楼台先得月，靠着大鸟最近的小鸟有虫吃，于是我开始跟着林茂增上周三下午的选修课。

林茂增学的是电气工程，基于“强迫症”这一点，每节课他都会去上，知己知彼才能百战百胜。

周三下午的选修课是礼仪形体。

一个男生上什么礼仪形体！

教礼仪形体的老师是个男老师，姓姬，小麦色的皮肤，裹在紧身裤里的大腿很是健壮。

我们齐齐把左腿放在压腿杆上，就听到好像广播电台男主播的声音响起：“一二三四，很好，脚背向外，绷脚，用你后背去贴你的大腿，好极了。”姬老师鼓励着我们。

我练过功夫，练过胸口碎大石，练过金钟罩铁布衫，还曾经被人坐在后背上压过筋，这点基本功我根本不放在眼里。一个后甩就把背贴在了大腿上，劲有些大，我有点担心明天如何起床。

我回头看了看我左边的林茂增，他十分认真地照着老师的话做，但是后背还是和大腿呈现了九十五度角。

姬老师很热心，过来帮林茂增压腿。

林茂增疼得脸都白了，一副出气多进气少的样子。

我想着唐缇告诉我的话，说男孩子做事的时候，如果有女孩子在一旁用崇拜的目光看着他，他一定很受用。谁不喜欢被女孩子崇拜呢？这不仅能提升他的男子气概，还能让他生出一股保护之情。

意随心动，我马上换了右腿和他面对面，再一甩，后背贴到了大腿上。

我对林茂增说：“哇，你好棒哦，你一定能行的，加油，你怎么这么厉害，我好佩服你噢。”

林茂增看了看我，又努了努力，还是下不去。

姬老师看见我标准的动作很是满意，鼓励地看了我一眼：“林茂增，你学学这位新来的同学，让她教教你，她的动作很标准。”

林茂增瞪了我一眼，也换上了右腿，朝另一边做了起来。

陆一欧走过来把我拉到一边，一会儿叹气一会儿摇头的。

为什么陆一欧会在这儿呢？因为他周三下午也没课。

我觉得，追林茂增我是势在必得的，必须要留下点什么做纪念，以后回忆我们爱的出发点和我的心意，多么浪漫。所以我拉了陆一欧过来给我们录像，好作为我追爱的证明。

他一开始抵死不从，我没办法只好威胁他，说他要是不答应，我就不追林茂增了，开始追他，并且死缠烂打、永不言弃，有事没事周六日还带着我爷爷去他家别墅门口堵他。

他屃了，只能跟着我来。

陆一欧：“你这样能追到人吗？”

我不服："我在鼓励他崇拜他，你看不出来么？不都说男生喜欢女生崇拜吗？"

陆一欧："你这是崇拜吗？你这是在嘲笑他！"

我不服："不可能，我刚才语气可真诚了。"

陆一欧："你要是这么崇拜伍角星，你想想伍角星会不会揍你。"

我想了想，会的。

必须是我做不到他却能做到的事情才行，于是这个方案暂时搁置，一会儿还是少说话装腼腆，时不时地表现温柔体贴就好——这是陆一欧告诉我的。

然后他架好摄像机，继续在一旁戴着耳机搓核桃。

姬老师在来回指导同学的时候也看到了摄像机，本来想问问这位同学在干什么，后来可能转念一想，也许是他的教学方法和英俊的身姿让这一届同学十分向往，所以才来拍摄他的教学视频，也许过不了多久就会有新闻报出来——《北京某大学帅气男老师，气质出众引得学生围观偷拍》。

他笑了笑，接着更加严谨地上课。

练了一个小时之后，我已经成为姬老师眼中的可造之材了，每次有个什么新动作都让我领着同学们做一做，哪些人动作不标准，我还要走过去示范一下，真是让我虚荣心膨胀。

一节课的时间，我几乎要把自己拧成麻花了，但是姬老师总是用鼓励的眼神看着我，然后说："再来一个这个，给大家看看。"

两节课之后，唐缇觉得这样不行，不仅不能增进感情，林茂增都不愿意和我说话了，还是不要去上选修课了。

我觉得她很有经验，她说什么我都听。

趁着有天晚上林茂增不在，我们四个集体聚在相声社里继续讨论着可行性计划。

唐缇觉得我们还是没有对症下药，男生除了喜欢好看的姑娘，还应该喜欢干净、有主见、有趣、爱笑、不多嘴，时刻有神秘感，还能没事夸夸你的姑娘。

陆一欧和伍角星表示赞同，但是又觉得这样的女生是理想型，根本不存在。

唐缇说："怎么不可能呢？要是声音好听，让人耳朵痒痒的，绝对百战百胜啊。什么是决胜的重点？不是美貌，有趣才是啊。"

唐缇很不高兴，激动得身子前倾，双手撑在凳子边，鼻头出了微微的细汗，看起来十分动人。

伍角星和陆一欧看着唐缇争辩时红扑扑的小脸，纷纷点了头："你说得对！"

我觉得唐缇其实不知道他们在那里表示同意的根本原因是什么，但是我的眼睛雪亮，要是唐缇这么娇嗔着和我说话，她说什么我也都说对。

美貌很重要，它会让你拥有所向披靡的明天，这点毋庸置疑。

我找了一张面膜敷在脸上，拿出唐缇送的一大箱子衣服，奋力地翻找着。

接下来我们换了一条路线，继续展开追求。

其实一开始伍角星说：“你直接表白了再追比较好，这样也能让对方有所准备啊。”

我义正词严地拒绝了他：“《盗梦空间》你看过没有，你强行灌注的观念会引起逆反心理的，总要人家自己想明白才能心甘情愿，你想想，我这招了回去可是要传宗接代延续香火的，可别适得其反反目成仇。咱们得慢慢引导，先让他觉得他爱上了我，后面的事情不就好说了么？”

陆一欧神情复杂地看了我一眼。

这一次的计划是这样的，我们制造出了一个有很多人追我的假象，唐缇、陆一欧、伍角星三个人轮番对林茂增进行轰炸，说着，刘三叔怎么怎么好，刘三叔怎么怎么招人喜欢，真是个美少女啊，好姑娘啊，谁娶回家真是谁的福气啊。

Part.1

我背着小书包走进了相声社，伍角星从后面拍了我的书包一下，问我：“这里装的什么啊，这么鼓。”

我得意扬扬地看着他，又冲着陆一欧挑了挑眉，大声说：“各位观众！”然后书包一卸，打开拉链，倒提了起来，“哗啦”一声，倒出来一大堆纸片和信封。

“情书。”我再次得意地介绍。

唐缇兴奋地大叫了一声："这么多啊，宝贝你可真讨人喜欢。"说完转头去叫林茂增，"快过来看看。"

林茂增小跑了过来，看着满地的纸片和信封，先是有序地按形状分好，然后一个一个整理了起来，摞得和书架一样。

陆一欧很好奇我从哪里找到了这么多的情书，随手翻了几个看了看，还没等看完，就被林茂增抢走，然后规规矩矩地把那些和它同一种类的情书放在了一起。

整理好了之后，林茂增不好意思地朝我笑了一笑，问："这么多啊，你都看过了吗？有喜欢的吗？"

我大气地摇了摇手说："他们太平庸了，我看不上。"

他点了点头，更加不好意思地问我："辣（那）我能看看吗？"

我又大气地挥了挥手说："随便看，拿回去宿舍看。"

唐缇对我鼓励地一笑，两个小拳头还放在了脸颊旁边。

Part.2

伍角星在某一天晚上偷偷叫住了林茂增，说："这几天总是有人给三叔送吃的，你没发现最近几天三叔在社里吃得都少了吗？还总是脸红红地笑。也难怪，三叔过年回来之后好看了不少，不过一个女孩子总是不安全的啊。这几天大家都忙，所以你没事陪陪她，回宿舍去图书馆什么的。咱们社团要安定团结，还要有强烈的自我保护意识，不能出点什么事，现在的男男女女都开放得很，刘三叔这么单纯，被人占了便宜可不好呢。"

他说着，拍了拍林茂增的肩膀，一副委以重任的样子。

当天晚上我和林茂增一起回宿舍楼的时候，我借口散步带着他去了每一个学校都有，我们学校也不例外的爱情圣地——小树林。

为了启发他的荷尔蒙，还专找偏僻的地方走。

林茂增说：“太黑了，不要走了，不安全。”

我回答:“有你保护啊,我不怕,学了一天好闷啊。”然后眨眨眼睛。

林茂增说：“小心，前面有愣（人），嘘。”

我们看到两个影子交叠在一起，还发出了吧唧吧唧吃饭咂嘴的声音。

我脸红了一下，荷尔蒙被激发得厉害，拉着林茂增一溜烟走了。

回宿舍的路上，我十分委婉地扭着手指头表示：“哎，一个人真是太孤单了，其实也好想要一个宽阔的胸膛靠一靠呢。”

第二天林茂增在唐缇的提示下，给我买了个半人高的大熊，并且嘱咐我，天太晚了就不要一个人走那么黑的地方，万一出事多不好。他最近功课有些忙，不能陪着我了，让我好好保护自己。

我听完这些话之后，当天晚上就在宿舍打了一套拳。

唐缇又给我鼓掌，说：“以后你保护林茂增绝对没有问题，能文能武，你一定可以的。”

Part.3

社员们最近都纷纷说有事情忙，留了很多私人空间给我和林茂增。不过唐缇后来又提醒过我，说女生不能显得太厉害，除了有趣还要懂事，人家忙的时候不要黏黏糊糊的，最好自己也有点事情做，这样显得我独立而且识大体。

林茂增这几天在相声社十分安静，总是抱着一个本子在上面写着些什么，有时候可能遇到了难题还上网查查资料。

我想看，十分想看。但是他不让我看，我也不好硬抢，显得比他力气大就麻烦了。

我："喂，你在写什么啊。"

他："咪咪（秘密）。"

我："你最近有没有发现点什么，或者感觉到点什么啊？"

他："有，但四（是）不告诉你。"

真是傻瓜，那是春心萌动了，春心萌动还不告诉我。

我："林茂增，你有没有想过你喜欢什么样的女生啊？"

他："没想过。"

我："那你想想。"

他："我还没想辣（那）么多呢，你真四（是）的。"

我抱着大熊，对大熊说："喂，你喜欢什么样子的女生呢？"接着手里摇晃着大熊，粗声粗气地说，"我是一只大俗熊，别人喜欢的，我也喜欢。嘿嘿嘿。"

我拍了拍大熊的脑袋："大熊，你喜欢我么？"

大熊掉在了地上。

我在这边说着，他居然在那边忸怩了起来，连本子也不写了，开始打扫卫生，拿着一块抹布到处擦。害羞了呢，毕竟是没有谈过恋爱的少男啊，总是会不好意思的，脸红的样子还挺可爱的，这种男生刚刚好。

初恋总是让人一心一意，难以忘怀，甚至还会附加很多自己的幻想，希望做点浪漫的事情出来，我很期待未来。不说这些，其实单就这副样子我就很满意，给我爷爷看看这么一个良家少男，他一定能笑出声来。

两个星期之后的中午，吃完饭后我和林茂增又在相声社玩翻花绳成语接龙。

他双手翻了一个小山：“排三（山）倒海。”

我双手翻了一个牛槽：“海誓山盟。”

他双手翻了一个水井：“门（蒙）混过关。”

我双手翻了一个蜘蛛网：“关心则乱。”

他随手翻了一个渔网：“乱岑（臣）贼子。”

我双手翻了一个摇篮：“子孙满堂。”

这时，有人敲门，我屁颠屁颠地跑去开门。

门口站着一位穿得特别帅的男人，粉色的棉外套，银色的乔丹篮球鞋。

“你是刘三叔么？我是形体老师，我姓姬，你还记得我吗？”他朝我笑笑，我的小心脏感觉被扎了一下。

我捂着胸口：“姬老师，你怎么来了。”

还是林茂增有眼力见，看清楚是姬老师之后，迅速地把他让进屋里，还给他冲了一杯奶茶。

“是这样的……”姬老师说。

我虽然只上了两节课，但是给姬老师留下了非常深刻的印象，他觉得我是个可以培养的好苗子。虽然我不是科班出身，但他也不是教科班的老师，他希望我能继续回去上课，并且还鼓励了陆一欧继续拍摄。

我扶额叹息。

送走老师之后，我想着，怎么拒绝老师才好呢？我又不是一心一意去练形体的，我是去追男人的好吗？

其他人看着姬老师走了，也纷纷离开了，继续给我俩创造单独空间，陆一欧的摄像头藏在花盆后面，很是隐蔽。

林茂增看到大家都走了，坐到了我身边来。

“三苏（叔）。”他脸红红地说，“我想请你班（帮）我一个忙。”

“你说你说。”我差点拍胸脯。

“你上次问我，喜欢什么样的女生，我没好意思回答，其思（实）我喜欢上一个女生，不吱（知）道怎么和她缩（说）比较好。”他看了我一眼，迅速地低下头。（这里需要统计一下林茂增的错别字。）

我窃喜了一下：“你直接说就好了啊，她一定会答应你的。”

“可四（是）好多人喜欢她，我觉得我成功的概率很小。”他还是很害羞。

我觉得这个时候，鼓励、崇拜和支持终于派上了用场，我拍了拍他的肩膀，说：“你放心，你人这么好，爱干净，还爱学习，什么事情都十分有规划，是很有潜力的潜力股，女孩子一定会喜欢的。”为了怕说服力不够，我还加了一句，“你都不知道你有多讨人喜欢。”

他眼睛亮了起来，直直地看着我：“真的？”

我点点头：“真的。”

然后他飞快地跑去拿来了自己的包，从包里抽出了一个粉红色画着爱心的情书。

我屏住呼吸，心跳加速地等待着。

“能不能，请你班（帮）我把这封情苏（书）给唐缇，我自己思（实）在不好意思。”他一脸期待，又有点小心翼翼，看起来十分值得帮忙。

我愣了好几秒，嘴巴张大了都不知道。

大爷的，敢情我费了这么大劲是给唐缇启蒙的，真是失策。

丢人不丢面儿，我十分爽快地答应了下来，然后假装不经意地“轻轻地”推了他一把。

“哎哟，咱俩谁跟谁啊？放心，好兄弟，我一定给你送过去。”说完还瞪了他一眼。不过他没看到，他被我不小心推到沙发下面去了，脑袋还差点撞到了桌子。

晚上陆一欧、伍角星他们回来看了录像带，纷纷笑得抽搐了起来，一边笑还一边说：“这个录像带一定要留着，一定要留着。哈哈哈哈。说不定送去某节目投稿还能得奖呢，哈哈哈。”

唐缇很无奈，十分坚定地表示绝对不会接受林茂增的，请我放心。

我觉得这不是唐缇的错，我不能怪她，但是我不能放过林茂增。

“追求林茂增的计划结束，我不追了！！！”

到了星期三，我又去上了姬老师的形体课，姬老师看见我来了十分开心，还让我站到前面去，方便他指点我。我摆摆手说：“不用不用，我觉得我站哪儿都好，就林同学身边吧，同学之间应该互帮互助。”

姬老师欣慰地点了点头。

接下来，姬老师说一个动作我就做一个动作，还非得把这个动作做到极致，做到林茂增的眼前，然后挑衅地看了看他。

中场休息的时候，还把我曾经给唐缇打的那套拳打了一遍，引得姬老师一边喝水一边还给我鼓掌，水差点洒了一身。

后面姬老师组织大家一对一压筋，我看着林茂增，“友好地”笑了笑。

放心，我会手下留情的。

林茂增不知道我怎么突然从一个回宿舍需要人保护的弱女子，变成了一个大力士，还双脚踩着他的大腿两侧，双手按着后背让他的肚子贴地，力气变得和泰山一样。

他“嗷”了一声之后，就开始捶地了。

「第六回」

伍社长又生新买卖

刘三叔巧扮人形牌

春天来了，万物复苏，小燕子穿着新衣，今年春天又来到了这里。燕子每年都和我说，这里的春天最美丽，我点了点头，夸奖了一句，说得有理！

自从知道林茂增也喜欢唐缇之后，陆一欧十分不高兴，他在追求唐缇的道路上虽然举步维艰、止步不前，但是他并没有放弃，并且很看不惯其他竞争对手。

唐缇这个星期和他们班同学出去写生了。唐缇前脚走，我和陆一欧后脚就把林茂增围起来揍了一顿。

陆一欧为了唐缇，我为了复仇。我小肚鸡肠，行吧，我以前说自己乐天开朗，随遇而安，那是因为我没碰见什么让我小肚鸡肠的事。

遇到了，我就得打一架。

不当着唐缇的面揍是为了表明我们是温柔善良的人，凶残的一面不能露给她看。

林茂增十分理解我们的当面一套、背后一套，所以他这个星期都不打算出现在相声社了，一切等唐缇回来再说。

四月第一个星期三的中午，我照例去相声社吃午饭，早上陆一欧在网上晒了午饭，香辣红烧肉和碳烤牛舌等，十分丰盛。

我满心欢喜地跑去相声社吃饭长肉，一边吃还一边和陆一欧探讨——“这么多份，我们吃不完，好生浪费，一会儿把吃不完的肉用水冲冲泡泡，我拿去喂喂楼下的流浪猫狗，也算是积德行善了”“助人为快乐之本，帮助流氓猫狗也是积德行善、善莫大焉，正所谓只要人人都献出一点爱，世界将变成美好的人间”等等的话。

伍角星吃着一块碳烤牛舌，十分认同我说的话：“对，助人为快乐之本，我正好有事要找你俩商量商量。”

我听完这句话就觉得不是什么好事，突然想把自己的舌头割下来碳烤了吃。

草莓音乐节每年这个时候都会来北京，伍角星向官方申请了摆摊资格，打算在音乐节上小小地发一笔财，给自己挣一点家底。

助人为快乐之本，免费看音乐节更是快乐的源泉，我捣蒜一样地点头答应了，还强按着陆一欧的头和我一起捣蒜。

音乐节第一天，我们早早地坐着陆一欧的卡宴到了通州活动现场。

伍角星：“三叔你把这个换上，还有这个也背上，今天你什么都不用干，当个活招牌就行了。”

我看了看伍角星递给我的行头，兴奋异常。

那是怎样的一套衣服啊，一字肩彩虹蕾丝泡泡裙、飘逸的大波浪假发、维秘必备白色天使大翅膀。一看就备受瞩目，是套合影神装。

我把那个巧克力色的大波浪假发套在脑袋上，用嘴巴叼起发梢，戳着陆一欧的胸脯问他着：“心肝有没有颤抖一下？”

伍角星毫不留情地一把把我推开，拿了另一套衣服按在陆一欧的胸脯对他说：“陆一欧你换这个。”

陆一欧的行头是漏风牛仔细腿裤、白色背心和两个花臂套袖。

陆一欧拿着衣服十分不乐意，眉毛都要倒飞到天上去了，也不知道伍角星和他说了什么，他生无可恋，但还是乖乖地换上了衣服。

效果，十分，显著。

我拉着陆一欧在场地里走来走去，不到五百米的距离就和人合了五次影、被摄影师叫住拍了十张照片。

一个是红头发绿眼睛的外国帅哥，目测腿长两米，我抬头看他的过程十分锻炼颈椎，看一会儿就觉得这对我长期低头看手机导致的脖子疼是很好的治疗。

红头发帅哥说：“Would you mind take a picture with me?”

我的英文不是很好，仰着脑袋微笑着抬头看他，右胳膊肘捅了捅陆一欧。

陆一欧笑着说：“Sure.”

然后他一把把我推到帅哥身上，接过了帅哥的手机，对着我俩开始拍照，拍一张退两步，再拍一张再退两步。

“刘三叔你能不能跳一跳，你这身高我根本拍不到你的脸。”他看了看手机，一边摇头一边对我说。

我伸胳膊拍了拍帅哥的肩膀表示安抚，然后对着陆一欧比了一个OK 的手势，就开始起跳，跳了四五下，陆一欧才表示可以了。

结果红头发帅哥看到照片，笑得特别开心，我又一跳一跳地去看手机上的照片样子，红头发帅哥怕我累着，就把手机递给我看。

只见帅哥还是很帅，我跳起来之后假发也飞了起来，发丝和八爪鱼一样，笑容美好，露出了好几颗牙，眼睛反倒看不见了。

我抽了抽嘴角，觉得太丑了，不过活招牌还是要尽到义务。我拍了拍一脸满意的红头发帅哥，递给他一张名片，然后用手指了指伍角星摊位的位置，还扯了一下陆一欧的套袖：“There，there，you can buy this，so handsome.”

红头发帅哥给我比了个大拇指，然后走向了伍角星的摊位。

不一会儿又一个黑头发蓝眼睛的外国美女走了过来要和我合影，陆一欧接过手机的时候，黑头发美女趁机摸了一下陆一欧的手，陆一欧一抖，差点把手机掉在地上。拍照之后，黑头发美女还和陆一欧拥抱了一下，眼睛笑得都要冒出红心泡泡了。

我眼看黑头发美女还想继续抱着陆一欧，立刻把自己挤到了他俩中间，制止了黑头发美女进一步的吃豆腐行为，然后一把就把黑头发美女拉到了一边，一脸无辜地说着：“There，there，you can buy this，so beautiful.”

也不知道黑头发美女听懂没有，不过她还是走了，走的时候还一步三回头地看了看陆一欧。我用胳膊肘捶了捶陆一欧：“要不是我刚才机灵，你的脸蛋就被她亲走了。哎，一点防范意识都没有，真是不知道世道艰险。”

陆一欧转过头来给我看左脸：“你说的是这个？”一个粉红的唇印正正好好地印在左脸中间。

什么时候的事？我一个眼刀飞向远方，幻想着能杀她一个片甲不留。

我和陆一欧就这么一边走一边被拍照，一边介绍一边听现场。

李某某出来的时候我喊了好几声呢，几某某出来的时候我买了两份炸鸡。

音乐节第二天，陆一欧说什么也不肯跟我继续当活招牌了，他捏了捏他老年体格的酸胀肌肉，对着伍角星坚决地摇了摇头。伍角星又对着陆一欧说了一句悄悄话，陆一欧腾地一下就站了起来，恶狠狠地说：“你再逼我，我就退社。”

于是陆一欧得到了一份新的工作，看包，来来往往的人，如果想要寄存小件包裹的，都可以找他，童叟无欺，绝不落跑。

没办法，只好我一个人出门揽客了。

路过星球舞台的时候，我发现陈某某在上面唱歌，我停了下来，往舞台中间挤去。

背着大翅膀挤果然费劲，费了姥姥劲也没挤过三层，还被人踩了好几脚，回力鞋上很明显地出现了三个脚印。

一首歌结束后，人群松动了一点，我才又往前走了一点点。

“三叔？”一个小小的声音在我侧前方响起。

我抬头看了一眼，发现是甄甜，她的位置特别好，舞台中央，抬头就能看见陈某某本人，我高兴极了，“这儿”地应了一声，然后脱下了被差点挤碎的翅膀，挤了过去。

“你也来了啊。”她高兴地问我。

“一会儿听完再说，我带你吃好吃的。”我挎住了她的胳膊，表示我俩亲亲热热的，不去看我挤过的那一片人的白眼。

世界上

七千个地方

我们定居哪儿

告诉我

答案是什么

你喜欢去哪儿

青海或三亚

冰岛或希腊

南美不去吗

沙漠你爱吗

我问太多了

……

超级好听，迷得我神魂颠倒。

听完陈某某之后我拉着甄甜去伍角星的摊位上喝水。

本来今天还有一个女生要陪着甄甜一起来的，结果那个女生临时被男朋友约走了，放了甄甜的鸽子，甄甜就一个人来了。来了以后她哪个舞台也没去，就一心一意地等着陈某某出现，看见我的时候还以为看错了人，这只能怪我戴上假发太好看，她喊的时候也没想过我真的是三叔。结果我真的是三叔，她反而有点不知所措。

“小甜甜你饿吗？陆一欧你去那边那个卖炸鸡的地方买几盒炸鸡和炒年糕回来。”我听了甄甜的遭遇之后觉得真是心疼，一时忘性，开始指挥陆一欧。

陆一欧一个眼刀过来，接着又一张百元大钞过来：“自己去，再给我买一盒寿司。”

“好的，大爷。”我捏着百元大钞就要过去买，甄甜拉住了我，说要和我一起去。

“老板，一份寿司，最贵的那个，配料多来点。”我牵着甄甜的手对着卖寿司的老板说道。

买了寿司还要买炸鸡，炸鸡因为物美价廉排队的人很多，我们就跟着人群一点点排着。突然甄甜“啊”了一声，我回头看她，她的眼眶突然红了，抽了抽鼻子才小声和我说：“三叔，后面有人摸我屁股。”

我看了看她穿着的短裙，问她：“谁？”

甄甜其实一开始感觉到有人摸她了，但她觉得可能是后面的人不小心蹭到了，也就没在意。后面的人可能看见甄甜没什么反应，胆子大了起来，又摸了好几下，最后还捏了一下，就是因为捏这一下，甄甜才叫了出来。

我一听这话，火气噌噌噌地就烧到头顶了，把甄甜拉到我身后，看见那个一脸欠揍男人以后，一拳就挥了上去。

“手欠啊，摸人屁股，畜生。”说着我一盒寿司也照着他的脸拍了过去。

他第一下被我打蒙了，第二下就反应过来了，开始挡我的拳头，一边挡还一边说：“谁摸你屁股了，你长成这样，谁愿意摸你。”

周围的人，呼啦一下地闪开了，又呼啦一下上来拉架。

我每次看见网上谁谁谁说遇到性骚扰，就气愤得不行，这次欺负到我头上来了，我肯定不能惯着他。

我一把把头上的假发拽下来甩在地上，然后脱下我的大翅膀就朝他甩了过去：“你丫还不承认，你丫再说一句试试，姑奶奶我今天非把你皮扒下来。”

他看见我甩掉大翅膀冲上来了，还想拿着手挡一挡，没想到甩了翅膀之后就松了手，翅膀“啪”一下就打在他的脸上了。

这一下打得他急了，冲上来就要揍我，我被打了一拳，他被周围的人拦了下来。

甄甜吓坏了，怎么拉我都拉不住。她没想到我没有丝毫犹豫，话都没问一句，直接就冲上去开打。她见我被打了，转身就跑回去找陆一欧和伍角星。

从小我打遍我们胡同无敌手，还能害怕这小子，今天我不把他打成半身不遂我就不叫刘三叔。

怒从心头起，我一个虎扑又要冲上去揍他，刚要跳上去揍他，结果被闻讯而来的陆一欧拦腰扛在了肩膀上。

由于陆一欧背对着那个男人，没看见男人飞起一脚，正好踢在了他的腰上，我趴在陆一欧的肩膀上，正好看见了这一幕，伸手一抓就抓住了对方的头发，然后狠狠地对着他的鼻子打了一拳。

拉架的人群多了起来，我们也被分开了，这时伍角星和甄甜也跟了上来。伍角星让甄甜去找场内的安保人员，自己拽住那个男人不放手，没打他也没骂他，就是不让那个男人走。

男人还有几个同伙，骂骂咧咧地想要揍伍角星，伍角星也不是好欺负的，军队大院长大的孩子，能是怕打架的人吗？他一个反手就控制住了那个男人，然后对着那帮同伙恶狠狠地说："不想挨揍就躲远点，要不然等一会儿让你们几个都吃不了兜着走。"

僵持了不过五分钟，甄甜就领着场内安保人员过来了，安保人员带着伍角星和那个男人一起去了安保科。伍角星顺手报了警，给他当警察的发小打了个电话，绝不放过这个猥琐的男人。

我趴在陆一欧背上还是特别生气，想生吃了那个人的心都有，朝着陆一欧我就嚷嚷了起来："你放我下来，没事我不会打死他，我他妈顶多把他打残，我打得他妈都不认识他。"

我连蹬带踹："小王八蛋还敢摸女人屁股，手是不是不听自己使唤了，不听使唤我就打得你听使唤，我打得你下次再想干这样的事都心里直哆嗦。”

我连骂带喊：“你放开我，你放心我不会和唐缇说你没保护好我的。你要是放我，让我打他丫的，等唐缇回来我就使劲说你好话，让你俩双宿双飞。”

不论我怎么说，陆一欧就是不放我下来，还把我越抱越远。

“好了，你冷静一下。”陆一欧把我放在椅子上。

“你还是不是个男人，看见女人受欺负都不上。”我气呼呼地一下子从椅子上站起来，正好撞在陆一欧低头的下巴上，我俩“哎哟”一声，同时抱住受伤的部位叫了起来。

我揉了半天脑袋，疼痛把我刚才的火气灭了一大半，抬头一看，陆一欧痛苦得脸都抽变形了，嘴角还有一点点血迹。

“怎么了？你刚才被我打着了？”这可是有钱人家的少爷，少了一根头发，给他送午饭的女儿、侄女、外甥女都能看得出来，还能顺便把我的皮扒了，我吓坏了，赶紧凑上去看有没有事。

血不算太多，估计我性命无忧了。

陆一欧疼得厉害，看见我小心翼翼地看他的伤口，他就伸出舌头来给我看。我一看，他舌头上有一个小口子，还在流着血，立刻明白了，不是被我打的，是我刚才那一下，撞得陆一欧咬到了舌头。

乖乖，这得多疼啊。

“你是鞭炮啊，点火就着，这儿炸一下那儿炸一下的，就不能消停一会儿？伍角星会处理的，你老老实实在这儿等着就行了。”他一边说还一边揉下巴。

他说得倒轻巧。

“敢情不是你被侵犯，还要我老老实实的，坏人就是看见我们不敢怎么样才这么肆意妄为的。这种事我见一次就要打一次，打得他们下次想伸手就浑身疼。丫的，老子还没打够呢。”

陆一欧指了指自己的下巴：“那你能不能收放自如一点，打坏人还是自己人呢？你要是打群架，都不用别人出手，自己就能把自己人先打一遍。”

我羞愧地低下了头，我又不是故意的，我不是没看见么。

伍角星这时正好来了电话， 告诉我们警察已经把那人带走了，一会儿他过来接我，一起去警察局录笔录。

听完电话，我的心放了下来，看了看揉下巴的陆一欧，觉得真是对不住他。

于是在警察来之前，我前前后后伺候着他，把他安顿在椅子上，拿着矿泉水给他漱口，还帮他揉刚才差点被我撞掉了的下巴。

可是陆一欧还是很生气，要不是下巴太疼了，估计这会儿就把我按在地上揍了。

去警察局的路上，伍角星也很生气，反复和我念叨：“平时看你挺聪明的，怎么这会儿像个白痴一样，你不知道世界上有警察啊，你不知道出事儿找警察叔叔啊，理智让狗吃了？上去就打，我看一会儿也让警察把你关起来得了，整个一暴力分子，平时我怎么没看出来呢。”

说完还指了指陆一欧，“劝架的都能被你打成这样，我那摊也摆不上了，你说说你是不是傻。”

我对于伍角星的生意没什么愧疚感，怎么说我也免费当了一天半的活招牌呢，可是他提起了陆一欧，我就歇菜了，什么话都不敢说，只好低头乖乖听训。

陆一欧的伤口不大，估计是被我撞完了下巴很麻，舌头很疼，所以一句话也没说。

到了警察局，警察叔叔问清楚了前因后果，听说了我英勇的事迹，嘿嘿笑了两下说：“小姑娘挺厉害啊，上去就打，怎么没考警校呢。”

我“嘿嘿”干笑了两声。

警察叔叔接着又表情严肃地和我说：“以后遇事不要那么冲动，有什么事情先打110，这次就算了，下次一定注意啊。好了，回去吧。”

谁说警察要把我也抓起来的，你看看这多和蔼可亲，公正严明。

我们从警察局出来的时候，天已经黑了，大家都饿了，我为了表示对陆一欧的愧疚，于是高喊着要请大家吃饭。甄甜跟在我们旁边，听见我要请客吃饭，特别不好意思，说：“还是我请吧，今天都是因为我，真是对不起。”

“没事，和你没关系，这事换我碰上了，也会帮你的。你让三叔请，她天天跟着我们白吃饭，零花钱还剩不少。”伍角星微笑着阻止甄甜，想着今天的事儿是我打出来的，怎么都得吃我一顿，把摆摊的损失补回来。

“谁白吃，你也白吃好不好。”我很不服气。

陆一欧一把把我拽过来：“你要是不想让别人知道这是你撞伤的，就请客吃饭。”

我听到陆一欧发话了，立刻表示同意：“听您的。少爷，您说吃什么？”

我们随便找了一家烧烤店吃了点，回学校的路上，正在开车的伍角星突然想起了什么，于是问我：“三叔，你昨天和陆一欧出去怎么给我做的广告？”

我说：“就是有人找我合影，我就拍个照，然后给他们名片，告诉他们你那儿有卖我这个翅膀和陆一欧的文身套袖啊。”

伍角星昨天正在那里摆着摊，一抬头看见一个黑头发蓝眼睛的外国姑娘站在他面前，他指着身后的维秘翅膀问，是不是要这个。结果外国姑娘表示她不是要这儿的东西，而是要买一个人。

“什么人？”我特别好奇。

原来外国姑娘昨天合影的时候，听了我的话，以为可以在我这儿买陆一欧。她觉得陆一欧特别好看，很想买他一天，所以来问问伍角星，买那个很帅的男孩子一天多少钱。伍角星听了之后，哭笑不得，解释了好久黑头发外国姑娘才知道我介绍的其实是陆一欧手上的文身套袖，不是陆一欧本人。

陆一欧吃了饭本来已经不生气了，听了这话，就扑过来捏我的脸蛋儿。

有时候事情都只发生在一个瞬间，一个巧合，一个意外。

陆一欧扑过来的时候伍角星正好要拐一个弯，拐弯之后，看见有个骑着电动车的人正好挡在前面，于是弯拐得就大了点。陆一欧一个不备，整个人倒向了我，然后一个不小心，居然把嘴巴贴在了我的嘴巴上。

我吓蒙了。

睁着眼睛看着和我贴得如此之近的陆一欧的脸，吓得呼吸都要没了。

陆一欧也吓坏了，扶着我身后的椅子一下子起来然后坐了回去。伍角星和甄甜坐在前排没看见，要是看见了，我就更完了。

我现在脸红得简直和打翻了腮红一样。

过了好几十秒，我才反应过来，我初吻没了。

刚才什么感觉来着，完了，我吓得忘了。我初吻没了，感觉还吓忘了，天啊地啊！

回到宿舍之后我还是没有反应过来，整个人都是在震惊的状态下刷牙洗脸，有人叫我都没听见。

嗯，这个秘密一定不能让其他人知道；要不我可怎么继续找男朋友啊；就当这件事情没发生过。

睡觉之前这三句话一直在我脑子里转来转去，搞得我十分疲惫。

第二天早上五点我就起来了，先去学校门口买了两张油饼，接着回学校的路上给陆一欧发了一个信息说我在楼下等他，然后在男生宿舍楼下面一个隐蔽的角落里，死等陆一欧。

不过十分钟，我就看见他戴着一顶大帽子从宿舍楼里走了出来。我探身出去朝他挥挥手：“我在这儿，快来。”

他站在角落外面看着我：“什么事？”

这种事怎么好光明正大地说，我一把把他拉进角落里：“别在外面说。”

我抬头看着他，发现帽子把他的半张脸都遮住了，嘴巴还露在外面，脸唰地一下就红了，心想：这嘴巴怎么这么红润。

“到底什么事？别拉拉扯扯的。”他有点怕我，一直往角落里躲。

咳咳，我咳嗽了一下说：“你不想娶我的对吧？”

“你说什么？”

“你要是不想入赘到我家，昨天……昨天那件事就不要让别人知道了，要是敢让人知道，我就……我就把你嘴唇割下来，或者……或者我就告诉唐缇，说你故意亲我的，你看唐缇还理不理你。你要是不说的话，我帮你追唐缇。”一句话说得磕磕巴巴的，呼气和吸气都堆在心口，脸热热的，十分难受。

“知道了。”他压了压帽子，转身就要往外走。

我一把拉住他的衣服：“你发誓。”

他举起三根手指头：“我发誓，我绝对不说出去。”

我又一把拉住他的衣服：“你发誓你要是说出去了就顿顿吃饭打嗝。”

“有完没完，你不要说出去才是真的。对了，以后你离我一米远，保持安全距离。”他说完转身就走了。

他走了以后，我转身出了那个隐蔽的角落，正好看见林茂增拿着豆浆油条走了过来："三苏（叔），你怎么在这里？"

"关你什么事？什么事都没有发生！没人和我见面！你根本就没见过我！"说完我转身飞快地跑了。

哼，该死的林茂增、陆一欧。

「第七回」

文身店偶遇祝坦坦

俏唐缇拜师文身店

手洗衣服你会吗?

我不会。

这没什么，刘三叔不会洗衣服是一件再正常不过的事情了。嗯，没错的。

打小儿被培养成一个爷们啊，你见过哪个爷们小时候回家洗衣服洗袜子的? 这不可能!

我家老太太十项全能啊，全包圆了。大到床单和羽绒被，小到鞋带儿和裤腰带，我家老太太都能收拾得闪闪发亮。而且我们家有高科技全自动洗衣机啊，从来都用不着我啊。

所以，我不会洗衣服，这不能怪我。

在我把袜子全穿光之后，我除了傻眼什么都办不到。

是洗袜子还是买新袜子，这个问题难住了我。

兜里还剩五十八块八，已经相当于身无分文，保不齐还会乱花点，所以我不能买袜子。

这倒不是说买袜子的钱都挤不出来，主要是不想等我毕了业之后，袜子成了我的全部家当。您想想啊，别人毕业了拿着毕业证回家，我回家抱着好几十口袋的袜子，多不像话！

不像话！

所以，我开始网上搜索，如何洗袜子。

我抱着一盆袜子坐在寝室的椅子上，长吁短叹，看看手机又看看袜子，叹了又叹。

就在此时此刻，一个敷着面膜的姑娘把脸伸到了我面前："还不去洗？"

我抬眼一眼，一把抱住了这个敷着面膜的姑娘："唐缇，我可怎么办啊？"

唐缇看了一眼我面前堆积得成山成海的袜子，抱着双臂，眼睛转了几个圈，然后对我说："你等我一下，我送给你个好东西。"

说完她就开始翻箱倒柜，姿势特别美，大长胳膊抡起来好几次都差点撞到柜门儿上。

"拿着。"她递给我一个小小的白片儿，白片儿上还有一个个三角形。

"小搓衣板？可真够袖珍的。"我接过来仔细端详着这玩意儿。

唐缇一手拉着我，一手拿着小搓衣板儿正气凛然地说："我帮你。"

我感动得要哭出来了，居然……人生中第一个给我洗袜子的外姓人，是一个姑娘。

结果是我想错了，洗袜子的还是我，她只是全程用“袜子套手”“使劲搓”“这儿没洗干净”“还有这儿”来给我加油打气。

洗完袜子的我，两个手掌火辣辣地疼，我下意识地吹了吹。

晒在阳台的袜子足足晾满了十个衣架，真是战功累累啊。

“你真是太好了！”我忍不住第三十七次感叹着。

唐缇笑得很得意，拉着我的手笑得那叫一个前仰后合，拍拍我的肩膀跟我说：“以后只要你洗袜子我就陪着你。”

我仿佛看见了未来四年的自己是一个什么样的命运，这让我抖了一抖，这可真是太贤惠了。

接下来的几天中，每穿一双干净的袜子我都能想起我火辣辣的手掌和唐缇精致的小脸。

“三叔，给你看一个东西。”唐缇突然把衣服袖子往上一撸。

唐缇的胳膊上有一个张牙舞爪大老虎的图案。

“这是文身？”

“这是贴纸，前几天在西单买的，先过过瘾，这个周末再去文。”她笑着和我说，身体前倾，呼吸都贴在我的脸颊上，“三叔，你陪我去吧。”

我的心狂跳不止，她说什么我都答应：“好……好。”

唐缇前些天给我看了一堆画，画上是骑着老虎的男人，头变成独角兽的女人，还有机械透视图，等等。

“三叔，我想好了，我以后要开一家文身店，做一名文身师。”她转头看着我笑，“怎么样，酷吧？以后出名了，还可以给明星啊、球星啊什么的文身，啊啊啊，要是给詹姆斯文身我肯定几天几夜睡不着。”

她兴奋得脸都红了，我在旁边也跟着兴奋。

有了明确的目标是好事。发现了自己喜欢的事情，把它设为自己的梦想，心里时时刻刻都挂念着。有了梦想才知道要往哪里去，路要如何走。有的人是在不能追求梦想的时候发现了梦想；有的人是跟着热闹跑了一辈子，根本不知道真正的梦想是什么。

唐缇一开始和我在鼓楼大街找了一家文身店。文身店非常小，一进去就是一个小桌子，桌子上放着一个小电脑，电脑前坐着一个梳丸子头的姑娘。

姑娘：“文身么？”

唐缇：“是啊，你这有什么图案么？”

我说：“我上次跟我家老太太去澡堂，看见一个女的，那文身太酷了，屁股上文了个米老鼠，米老鼠还放风筝，一根儿线直接文到后背上，那种你会么？”

店主姑娘没说话，冲着我笑了一下。

姑娘：“我们这儿可以设计图案，比如你有什么喜欢的动物、花或者照片什么的想文，也可以拿过来；我们可以给你设计，设计完了你满意了再纹。”

唐缇：“这样啊。”

我说：“唐缇，我还看见过一个小猪放屁的，也特别酷。”

店主没说话，灿烂地对着我笑了一下。

唐缇和我出来的时候，我感觉店主的嘴都要笑抽筋了，腮帮子一下一下地哆嗦。

后来我们又陆陆续续地找了几家店，都不是特别合适，唐缇觉得这样下去不行，于是就开始上网找文身店，货比三家，查看买家评语和买家秀，终于确定了一家店，一家在三里屯的店。

周六一早我就和唐缇去了三里屯，这里有一家文身店非常出名，并且非常贵。

进店门之前我十分害怕，拉着唐缇不敢往前再走一步：“看起来就好贵，你哪儿来的钱，我还剩下五十八块八，钱不够可没办法救你。”

“放心，我暑假就开始偷偷地存钱了，前几次出去写生，晚上我还给人画人像，攒下不少，文个小的没问题，我都打听过了。”她拍了拍我抓住她胳膊的手，“还有，我来这里可不只是文身那么简单的。”她眼神突然坚毅了起来，然后就领着我进去了。

一进去我就发现店里墙上贴的都是各种各样的文身图案，有大有小，有凶残的也有可爱的。

“三叔？”

在这种地方都能有人叫我真是太稀奇了，我转头一看，看见了一个很眼熟的男人。

“我是祝坦坦，我们上次一起在798吃过烤肉，你还说下次给我做红烧肉包吃呢。”

啊，这是上次和陆一欧参加他富豪同学烤肉会时见过的祝表哥：“表哥好啊，好久不见。”

“你怎么来了？要文身？”

“不不不，我哪有那么放荡不羁，我陪着朋友来的。”说完我就把唐缇推了出去。

再声明一次，唐缇真的很好看，男生见了都会产生想要聊一聊的非分之想，但是祝坦坦只是礼貌地说了句“你好”就结束了，真奇怪。

唐缇这时不知道看见了谁，把我推给祝坦坦，说了一句“等我”之后就走了，接着走过去和人家攀谈起来，留下我和祝坦坦在原地待着。

“我朋友好看吧。”我被唐缇一脸发光冲过去的样子迷得不行，下意识地问起了祝坦坦。

“好看，你也好看。”祝坦坦转头看着我。

咳咳，不要骗我，不要安慰我。

“你怎么也在这里？”我问道。

“这是我朋友的文身店，我来玩一玩。”

“你也喜欢文身？”我围着他走了一圈，上上下下地打量着，“哪儿呢？”

他捂着嘴咯咯地笑了起来："肚子上呢，你想看看吗？"说完还慢慢地把眼皮抬起来看我。

我想看，我点了点头。

唐缇这个时候回来了，说："可以了，我们进去吧，陪我去。"

我拍了拍祝坦坦的肩膀说："你等我，一会儿我们文完了再看。"

唐缇选的文身是在小腿后面文一个钻石，蓝色的，特别好看，看起来很值钱。

唐缇文身的时候，趴在一张大躺椅上，我本来打算坐在她身边陪着她的，结果机器一启动我就吓得出来了。

看起来好疼啊，我不能接受这么凶残的场面。

祝坦坦看到我兔子一样地跑了出来，就邀请我去喝咖啡。

三里屯的咖啡厅还是很多的，我随便挑了一个就走了进去。祝坦坦让我先去找位置，他买好了来找我。

我走向第一桌，是一桌子黄头发的外国人。

我走向第二桌，是一桌子蓝眼睛的外国人。

我看到了第三桌，黑头发、黄皮肤的人，很好。走进去，"@￥@@(*……"

韩语，听不懂，还是外国人。

恍惚间，我觉得我不在中国了。

我招呼着祝坦坦跑到外面去坐了："快点离开这里，这里可能已经重叠了某个奇怪的空间。"

“你真是个有趣的姑娘。”祝坦坦一脸春意盎然地看着我。

我偷偷用余光看了看他春意盎然的样子，觉得他可能是个 gay，要不然怎么会对着我春意盎然。我要是戴上假发穿上裙子还能像一两分钟的姑娘，现在这身行头完全就是邻家小弟的模样啊。

看见唐缇还能说我有趣，这个人不挑。

“那你是没看见过我小时候的样子，就是野猴子，上蹿下跳的，我小时候都不知道我是姑娘，后来上学了才知道。”我给他科普，希望他能火眼金睛，去发现唐缇之美。

他轻轻挑眉：“你小时候不知道你是姑娘？”

我深吸一口苦咖啡，苦大仇深地对他点了点头。

“一直到我上小学了，我才知道我是姑娘。幼儿园的时候，老师总带我去女厕所，为这我还暗暗地记恨了她很久，我觉得她是故意的，为了报复我太淘气总是惹得她骂脏话，哈哈哈。”

说这段的时候，我明显看到他的嘴角抽搐个不停。

“你以后真的要招赘吗？生了孩子得跟你姓？”他还是不太相信。

我点了点头：“从小我家就这么和我说的，一根独苗，一根香火，也是责任重大了。”我看了看他，“其实你挺好，但是你姓祝，你家还有钱，你家里不会同意的。”

“别着急下结论，我回去想想。”他笑了笑，牙齿太白，有点反光，晃得我睁不开眼，一时没听清楚他到底说了什么。

回到文身店的时候，唐缇眼睛发光地看着我说：“你朋友和这儿的文身师认识？”

“听说是朋友。”

唐缇突然说：“三叔我平时对你好不好？”

“好。”

唐缇又说：“你那堆袜子是不是我帮你洗的。”

“是，你对我的帮助很大。”

唐缇突然楚楚可怜：“三叔，我想在这儿学文身，可是他不收我，我好可怜，你帮帮我。”

唐缇来之前翻查了好多文身店，结果看到这家店的时候，呼吸停了一下，过了好几秒才恢复正常，大口大口地喘气。

文身店的老板梳着一头脏辫，脸瘦得像螳螂一样，左眼下面有个痣。

唐缇想要和脏辫老板学文身是有原因的，并且与她想学文身这件事密不可分。

唐缇初中的时候就很好看，李宗盛叔叔有一句歌词写道：“有了梦寐以求的容颜，是否就算是拥有春天。”

回答当然是否定的。

那时候唐缇还很小，初一刚开始第一个月，唐缇就收到了装满三个抽屉的情书，每天偷偷地丢，让唐缇熟悉了学校周围方圆两千米内每一个垃圾桶的位置。

这还不算是麻烦事，不过就是学校里没有一个女生愿意和唐缇交朋友。小学时候一起上厕所的姑娘也都不再邀请她一起去了，而是三个一帮五个一伙地聚在一起说着什么悄悄话，偶尔用眼角看唐缇一眼。

上了初二，唐缇的生活麻烦了起来，女生的传言像是僵尸病毒一样，一滴口水就能飞全城，不仅自己学校的女生讨厌唐缇，连外校的女生也讨厌。

唐缇初二之后的日常是，每隔几天就会有几个黄头发绿眼睛铆钉衣的女生团伙在校园门口等唐缇。

台词分别是：

1. 听说你很红啊？

2. 离某某某远一点听见没有。

3. 每天勾搭别人男朋友，怎么这么贱啊。

等等之类的。

然后千篇一律的是不知道从哪里钻出一帮男生，“英雄”一样地站在唐缇前面，和女生团伙对峙、吵架，约放学几点在哪儿见。

唐缇很无奈，每天上学爸爸都有提醒好好学习的，怎么就这么难啊。

这些唐缇都不苦恼，假装听不见就好了，假装听不见继续走啊，一个人也可以回家的。

所以唐缇真正的苦恼是，怎么样可以一个人回家。

每天都有好几拨“势力”争相抢着送唐缇回家，结果他们很神奇地给自己排了日程表，周一至周六都有不同的“势力”送唐缇回家，每天不一样，天天有惊喜。

一开始只是喊一喊，吹吹口哨，还是可以忍受的。后来的发展让唐缇有点害怕，他们好像开始不满足于只是跟着走，开始想要牵着走，或者摸摸头什么的，有几次，唐缇都吓哭了，好几天不敢去上学。

结果，有一天发生了一件事，让唐缇不再害怕一个人回家了。

这一天是一个姓“汪”的“大哥”送唐缇回家。

汪大哥：“别走那么快啊，咱们聊聊天嘛，都认识这么久了。”说着还站到了唐缇面前。

唐缇强装镇定地看着他，说：“让一下，我要回家。”

汪大哥哪里那么好说话，能听别人话的人一般都当不了大哥。

他一手撩起唐缇的头发，笑得有点帅气（我不能硬说人家猥琐，后来听唐缇说，其实长得还不错）：“做我女朋友好不好，我都追了你这么久了，不要这么冷嘛。”

唐缇摇了摇头，想把自己的头发从汪大哥手里甩下来。

“你怕什么，我又不咬人，不过想咬你。”汪大哥说着还假装咬了一口唐缇的头发。

唐缇又一次吓哭了，她十分不理解，为什么这帮男生每天都想着谈恋爱啊，她爸爸不让她谈恋爱，说会打折她的腿啊，他们家不打腿么？

“你们干什么呢？”一个声音从天而降，声音十分有力量，震掉了汪大哥手中唐缇的头发。

唐缇回头一看，哭得更大声了。

哭的声音大不是因为得救了，而是更害怕了。

他身后是一帮浑身有着文身的大混混（现在想想，唐缇说可能是大学生），说话的正是领头的那一个。

“把手放下！”又是一声断喝。

汪大哥，不，此时应该叫汪小哥，汪小哥放下了手，强装硬气地把头抬了抬：“我们是朋友，说说话怎么了？”

“什么朋友，我怎么没听说我妹妹有你这么个朋友。”说完就一把把唐缇拉了过去，还把手放在了唐缇的肩膀上。

唐缇那时候还没长到一米七，肩膀的高度刚刚好。

“走，妹妹，哥哥带你回家。”说完一帮人呼呼啦啦地就要带着唐缇走。唐缇心想，完了，这回跑不掉了，也不知道爸爸下班没有，爸爸救救我（恨我此时还不认识唐缇，要不然打得他们看见我就打摆子）。

没走几步，大混混头回头又看了汪小哥一眼：“下次再看见你们几个跟着我妹妹，腿给你们打折。”很好，汪小哥和他的朋友们的父母没有做的事，大混混哥要开始做了。

汪小哥自知不敌，想着明天再见，好汉不吃眼前亏，今天先撤就好了，没想到这一幕被平时一帮说悄悄话的同班女生看见了。

唐缇也看见了她们，想呼救，却被大混混们带走了。

走了一百米左右，大混混哥突然说：“你家在哪儿？我们送你回去。”

唐缇很吃惊。

“看见你好几次了，怎么这么胆小？不喜欢就说不喜欢啊，每天一帮人跟着你回家，也不知道害怕吗？”大混混又说，说完还指了指旁边一家超市，“我家就在这儿，以后害怕就来找我，我送你回去。”

英雄救美，从天而降的大英雄就住在离唐缇家不远的超市里，唐缇以前怎么都没想到，而且以为今天性命不保，明天可能上社会新闻，没想到峰回路转，世上还是好人多，得救了。

唐缇开心地点了点头，带着哭音说了句“谢谢哥哥”，然后就跟着这帮浑身是文身的哥哥回家了。

从此以后，唐缇彻底得救了，先是汪小哥和其他小哥们输了几场架，接着是学校教导主任找了小哥们的家长，再接着是悄悄话女生团体又开始传出新谣言，说唐缇是校外某大哥的马子。于是大家更不和唐缇交朋友。

本来这只是一个很普通的事情，不算新鲜，很多人都可能遭遇过，但是对于唐缇，意义一点也不普通，这让她对女生的看法改变了，而且爱上了文身。

很奇怪，没有爱上大哥，爱上文身，唐缇真是晚熟。

后来大哥家的超市还在，大哥不见了。唐缇经常去超市买东西，但是一次都没有问过超市的阿姨大哥去哪里了。

这次唐缇又看到了大哥，并且知道了大哥的位置，她很开心，觉得有缘千里来相会，机不可失，这次真的是非文身不可了。

听了这段往事，我看着唐缇期待的眼神，一种保护欲油然而生，拍了拍胸脯就去找祝坦坦。

“和你商量个事，我朋友想和你朋友学文身，你朋友不收，你说这个事情怎么办？你能不能想想办法，你要是办成了，这次的红烧肉我亲自给你送到你们学校去，你看怎么样？”听了故事的我说话都自带江湖腔。

世上的关系和人情是成反比例的，你对人家太好，人家可能最后会怨恨你，变成你的仇人，但是你要是总是找人家帮帮小忙，再还还人情，那关系可就能比得上过命的交情了。当然，还不能太明显，并且永远还不清，才能友谊地久天长。

他摸着下巴想了想：“可以倒是可以，但这是个人情，我欠他一个人情，你欠我一个人情，加起来就是两个人情，你想想怎么还我吧，可不是一顿包子就能解决的。”他一脸春意盎然。

“肉偿不行，别的都可以商量，下个月零花钱我都给你攒着，请吃饭。”我坚定地说。

“就这么定了。”他揉揉我的头发。

祝坦坦进屋和脏辫文身师谈了三十分钟，恩威并施的情况下，事情还是不顺利。

脏辫大哥走出来之后一边搽着护手霜一边说：“被我妈看见不好，以为我祸害邻居叔叔家的小姑娘呢。”说完走过来俯身看了看唐缇小腿的文身，又站起来说，“还记得我吗？”

唐缇点点头，眼泛泪光。

“上学那会儿就因为送你回家那几次被我妈看见了，以为我要怎么你呢，给我上了好几堂思想教育课。现在就算了吧，刚分手让我前女友看见也不好。”他说。

“我其实只是想学文身而已。”唐缇有点委屈。

我走到脏辫大哥身边，踮起脚尖，看着大哥：“大哥，您说的这个不对，虽然您一身画，但是您的英雄事迹我可是听说了。一个心怀感恩的姑娘当徒弟，保证听话，多合适。而且唐缇现在十八岁了，您说是不是，咱们还有关系在呢。”说完我朝着祝坦坦使了个眼色，“再说，前女友都是过去式了，正好能证明您的魅力无边。”

大哥看了看我：“是吗？”他一脸好笑的样子。

“那是，就不说是不是能学好这个事，您放她在门口当迎宾也能吸引不少人来。上次我们在学校做了个小买卖，就因为唐缇，我们营业额每天翻新。”

大哥笑了，然后摇了摇头：“不收。”

唐缇听见这两个字以后，受不住打击似的晃了晃，我看了十分难过。

我觉得要使个大招：“你是不是喜欢我们家唐缇，怕日久生情？”我啧啧啧了三声，“想当年就喜欢吧，现在发现更加势不可挡，美若天仙你怕受不住吧。”我啧啧啧了三声，“怕什么，勇敢追，我们学校还有好几十人没放弃呢，你也不会那么容易就追上的。”

脏辫大哥一听这话，眉毛都立了起来，指着我对祝坦坦说：“我追不上？我害怕？别编瞎话了。好，我收了！但是祝坦坦，这姑娘和你说的怎么不一样啊！”说完“啧啧啧啧”了四声。

男人果然都受不了激将法，哪怕是最简单的。

结果是，唐缇不仅顺利地在这里学文身，在祝坦坦的帮助下身上文的两个小钻石还打了八折。

唐缇特别高兴，一高兴就笑个不停，眼睛盯着文身师看来看去的。

离开文身店之后，唐缇特意带我去簋街胡大吃了一顿“麻小”来感激我的仗义相助。

“咱俩谁跟谁，放心，三叔我别的不行，义气这方面还是十分靠得住的。”我一边吃着一边招呼服务员，“再来一盘。”

唐缇看着我吃，还帮我擦了擦嘴：“我就知道你最好了，我就知道你一定会支持我的。”

友谊地久天长，女生朋友十分稀少的我，有个漂亮姑娘，只要不要命，不肉偿，不犯法，她让我干什么我都跟着她干。

晚上吃撑了的我躺在床上怎么也睡不着，唐缇看着我唉声叹气了好久，估计是在嫌弃我没出息，但是没办法，我实在难受。她不放心我一个人睡，就跑到我床上和我一起睡，一边睡还一边帮我揉肚子，帮助我消化。

嘀嘀嗒嗒咚咚嗒嗒。

电话响了，是一条信息，祝坦坦发来的：

“第一个人情，怎么还我想好了，下周把两天都留给我，我到时候把时间地点发给你。ps：我对入赘很感兴趣。”

由于唐缇抱着我，所以也看到了信息。她高兴得揉肚子的频率快了很多：“三叔，你可能要有男朋友了。”

我脑子里晕晕的，除了肚子胀得难受，什么也想不出来。

别的先不想，欠人人情必须要还，我简短地回了句“好的”之后，继续催促唐缇：“慢点揉，有节奏一点，一嗒嗒、二嗒嗒那样，我要被你按得吐出来了，你按得太快太用力了，轻点。”

这天晚上，我就在唐缇一边给我抚摸肚子，一边和我说要怎么打扮自己才能把人情债还完时，顺便和祝坦坦说“其实有一款眼药水我用着不错”中睡着了。

「第八回」

老刘家惊现入赘者
小酒吧齐聚考察团

在九百二十亿光年的宇宙中，有个银河系，在银河系中有个太阳，在围着太阳公转的星星中，有一颗亮蓝亮蓝的星球，叫地球。

地球转了一圈，阳光慢慢地照在一片雄鸡形状的大陆上，天亮了。

铃铃铃。

周而复始，周而复始。

每天都是这样，我起床了，新的一天开始，今天又是新的刘三叔。

早上好。

昨天我爷爷来学校看我，眼含热泪。

“三儿，爷爷等了半年了，你上次不是说要领个男孩子回家吗？呜呜呜，爷爷年纪大了，等不了太久，咳咳咳。你上次说相中了一个，爷爷也不等了，今天自己来看看吧。”

我看着悲从中来的爷爷满头白发，也眼含热泪了一把。

“爷爷，我给你隆重介绍一下，陆一欧。”然后一把把在旁边看热闹搓核桃的陆一欧推了出去，“陆一欧，这是我爷爷，叫爷爷。”

我一眼就捕捉到了陆一欧脖子上的汗毛，根根立了起来，估计是被吓的。

我爷爷瞬间眼放光彩，闪闪发亮：“你是三叔的同学？”摸摸陆一欧的手，“你家里是干什么的啊？”踮起脚摸摸陆一欧的头发。

陆一欧被吓傻了的样子看得我很满意，又过了三分钟才从陆一欧的手里接回爷爷，“爷爷，您搞错了，这个人不是您孙女婿，这个人的表哥才是，已经约我出去约会了，约会之后我直接带回家给您看，瞧好吧您。”

爷爷瞬间就把脑袋从陆一欧的方向转了回来：“给我看看照片。”

我点开了祝坦坦的头像，递给了爷爷，爷爷发出了一声满足的“啊”，之后给了我五百元零花钱，心满意足地打车回了家。

搞定。

刚要转身往回走，就被陆一欧抓住了后脖领子：“你、刚、才、说、什、么？”

一字一顿。

“我要和祝坦坦出去玩了啊，你表哥，咱们上次见过的那个。”我扯了扯衣领，“我得请他吃顿饭，大恩人啊。”

“你、要、和、他、约、会？”一字一顿。

“不是，搪塞我爷爷的。老人家年纪大了，其实刚才想用你来着，但看你没出息的样子，脸都吓白了，哈哈哈哈，花容失色啊少年。”我从兜里掏出一块巧克力，“吃点，压压惊。”然后转身走了。

吃完早饭我又看了一眼祝坦坦昨天给我发的信息。

“明天上午10点，南锣鼓巷，请你吃好吃的。”

南锣鼓巷有什么好吃的？都是人，我又不是僵尸，明天周六啊喂。

出发之前唐缇把她的一套蒂芙尼蓝的连衣裙借给我穿，她看我穿完的效果很满意，觉得她自己很有眼光，果然蓝色适合我，显白。我觉得我应该扎两个小辫子，被唐缇义正词严地拒绝了，然后笑着向我挥手：“早去晚回，我等你。”

出门以后我给林茂增打了个电话：“准备好了吗？出发。”

林茂增为什么也要跟着去？因为，我想留下爱的证明啊，上次（请回顾第五回）追求，不对，上次和林茂增加深兄弟友情的时候，我就抓了陆一欧来拍录像带，想着未来给自己留下美好的回忆。这次也是这样，为了给自己留下美好的爱的证明，我抓来了林茂增。林茂增本来不想来的，但是我软硬兼施，所以他还是跟着我来了。

“三苏（叔），你有没有想过，你拍这些东西，要四（是）被以后的老公看到了会遭到家暴的？”林茂增说。

“怎么会，他看到我从一开始就这么在乎他，他会感动得痛哭流涕的好不好？”

“他要四（是）看到第斯（十）个人还不四（是）自己，一定会家暴的。”他再次说。

我挥了挥拳头：“先爆掉你就好了，我是那种会留下这种傻瓜证据的人么？”

他点头说：“四（是）。”

我揍了他一顿，这家伙跟着陆一欧学坏了：“再不快走，我还揍你，一会儿藏得好一点，千万别被发现了。”

我和林茂增站在南锣鼓巷入口的时候，不约而同地深深吸了一口气。林茂增很担忧，觉得他一定拍不到我，都不知道拍完了画面里出现的会是谁。

“记住一定要藏好，好了，你去吧，我也要过去了，拍好了我帮你约唐缇；拍不好，哼哼。”我哼哼的两声非常有威慑力，林茂增都没听完就“咻”的一下消失了。

我买了一个蟹黄灌汤包到约定好的地方等他，蟹黄灌汤包晶莹剔透，插根吸管可以吸溜好久。

“三叔，好久不见。”祝坦坦过来了，看见我了之后笑得脸颊上鼓出两个包，然后走近，拥抱了我一下。

这么热情！国外回来的？

我有点不知所措：“你要不要尝尝，挺好吃的。”我把灌汤包递过去，他拿着我刚用过的吸管就喝了起来。

“这个味道一般般，馅儿太少了，下次带你吃味儿正的灌汤包。”

他又吸了一口，包子以肉眼可见的速度瘪了下去，我心里一紧。

祝坦坦带我去的地方在南锣鼓巷的侧街上，这里有一家非常不明显的店，外面甚至没有挂招牌，根本看出来是干什么的。

“这店开成这样能赚钱么？”我很好奇。

“这个你不用操心，走吧。”他拉着我的手走了进去。

太热情了，一定是从国外回来的。

这是一家适合发呆的店，一个小时两位数，一个房间五个躺椅，屋顶是一个大大的屏幕，墙壁四周有音响。

屏幕上时而是星空，时而是极光，时而是星球，时而是银河，时而是大山，时而是大海，时而是下雨，时而是下雪，可以自己设置。

房间的光线很暗，进来之后，躺在躺椅上，看着仿佛要落在脸上的雪花和触手可及的雨滴，很安心。

这个房间只有我和祝坦坦两个人，我转头看了看他：“这家店果然不挣钱吧。”

他抬头看雪：“很赚的。”

“没看出来，这么久了，这间屋子只有咱俩，还是按小时收费的，一般人肯定不愿意来。”

“那是因为我把这间屋子包下来了。”

我深吸一口气，我忘记他是陆一欧的表哥了。

“对不起，我忘记你是大富豪了。”

他转头看着我，笑得有那么一点点宠爱。

“而且，这家店是我开的。”

我彻底不说话了，安静地看起了星星。

看了一会儿，我才突然发现我把林茂增给忘记了，说好帮我录像的，这下子完了，一个小时两位数，他才舍不得进来，他也知道我不会给他报销的。

“你为什么要开一家这样的店啊？”我俩就这么看了五分钟，谁也没有说话。

“想和喜欢的人一起发呆。”他目不转睛地看着我。

我觉得事情先说开比较好，不容易产生误解，更可以免去以后七七八八的拖拉和不必要的哭哭啼啼。虽然唐缇临出门前又和我说了好几次他一定是喜欢我，但是我觉得可能性不大，看起来就不是什么情场小白菜的人怎么会喜欢我呢？虽然我这趟出来是本着抓一个男人回家好传宗接代的，但是刚才他提醒了我，他有钱，很有钱，并且模样不错，没见过我几次就表现出可以跟我回家的态度，我很是不安。

“我以后要招赘，孩子必须姓刘，饭必须在我家吃。”我目不转睛地看回去。

“我觉得蛮好，有人养着。”他继续目不转睛地看着我。

好可怕，心跳都停了一拍，稳住，刘三叔稳住。

再在一个屋子呼吸我可能就招架不住了，就成了别人的菜了。我们家茶楼里说过好多这样的相声，大体都是负心汉如何如何吃豆腐，负心汉如何如何会说情话，原因大体有三：

1. 寻找新鲜感，门不当户不对最后棒打鸳鸯，听了父母的威胁当了负心汉；

2.旧情难解，为了忘记曾经抛弃自己的好看女朋友，给自己一个治疗情伤的出口；

3.宽广的胸怀宽广的爱，这类男人其实最爱的是自己，没什么理由就是喜欢女人。

我找了个理由出门缓缓我的脸红心跳，顺便给唐缇打了个电话。

“唐缇，他好像喜欢我，好是好，可是没理由啊，为什么啊？是的，我很担心，我本来想着靠自己的魅力慢慢勾搭的，但是刚才出现了意外的情况，我忘记他家很有钱了。有什么问题？你问问哪个有钱的爸爸希望自己的儿子跟别人姓啊，简直就是不可能，好么？而且我可能被调戏了，我好忧伤，我还是比较喜欢我自己主动，现在太被动了，一会儿你给我打电话啊，十分钟以后，就说你找我有事，然后我就回去。好，我等你。”

打完电话以后我才把心放下来，安心地回去继续看星星，这会儿屏幕上已经变成流星了。

“许个愿吗？”他问我。

“对着录像许愿也能灵验？”

“嗯，就当给自己一个希望，说不定能成真呢。”他转头再一次目不转睛地看着我。

唐缇没有打电话过来，而是发了个信息，

“我去找你吧，帮你看看，省得你乱想错过了一次好机会，晚上你们要去哪儿？我也偷偷地去，假装偶遇。”

我很苦恼，但觉得唐缇是个局外人，也许看得清呢。随遇而安吧，烦恼不过十分钟，正如歌词里说“兵来将挡用啤酒瓶，水来土囤我念佛经”，就这样吧。

晚上祝坦坦带我去了愚公移山，去之前我发了个信息告诉唐缇，让她时刻准备着，顺便晚上一起回学校。唐缇给我发了一个OK的手势，让我放心了很多。

愚公移山请的一支摇滚乐队，听说主唱和祝坦坦是好朋友，所以他才带我来看演出。

上次是文身店老板，这次是摇滚乐队主唱，真是交友遍天下啊，这样的男人不会安心为我家传宗接代，不行不行。

摇滚乐队主唱没有梳小辫，反而剪了干干净净的寸头，声音清澈，喊声撕裂，特别好听，鼓声一响起来，我这颗心都融化了。

咚咚咚咚，我爱架子鼓。

来看演出的人很多，我前面站着一个戴帽子的男孩子，每次音乐一响，他就跟着摇摆，全身上下从头到脚再到手指头，没有一个地方不摇摆。他摇摆得一点也不尴尬，反而很好看。这种好看感染了我，我也跟着摇摆了起来，拉着祝坦坦一起摇摆。

男孩子一首歌摇完转头亲了身边的女孩子一口，女孩子笑着看他，还把手上的啤酒递过去给他喝。

“你也想这样吗？”祝坦坦俯身在我耳边轻轻说，然后瞬间离开了我的耳朵。

完了，要亲我，好害怕，一会儿怎么揍他比较好？

等了好久脸颊上也没有体验到传说中那种湿湿软软、带着潮气的触感，于是只好回头去看。

第一眼先看见了唐缇，然后是甄甜、伍角星、林茂增、陆一欧。

陆一欧搂着祝坦坦的肩膀，伍角星搂着甄甜的肩膀，林茂增想搂唐缇的肩膀，被唐缇抢先一步搂住了我的肩膀。

“好巧啊，三叔，你也来啦。”唐缇的声音里带着异常的惊喜，吐字十分清楚，表情十分夸张，戏演得十分差。

“是……是呀。”我想让自己笑起来特别自然。

林茂增这时拍了拍我，给我比了个OK的手势，然后狡诈地笑了笑，这和他平时的形象特别不符。

接下来大家一起沉浸在音乐的摇摆里。

“你们怎么一起来了？”我悄咪咪地问唐缇。

唐缇悄咪咪地回我：

“本来我想自己来的，结果林茂增跑回来说把你跟丢了，陆一欧就说要去找你，我说我正好要去找你，他就说一起去，结果就一起来了。”

我还是没搞懂为什么，这是一次社团活动吗？我看了看挤在人群中听歌的伍角星和甄甜：“那甄甜为什么来？”

“因为她现在是伍角星的女朋友了，所以就一起来了。”唐缇接过林茂增买的啤酒一边喝一边说。

“什么时候的事啊？”我惊呆了。

林茂增看我受到的惊吓不轻，给我解释："今天。"

我不在的一天里到底发生了什么？我需要喝杯酒缓缓。

我走到吧台的时候，发现陆一欧也在，很开心："要一杯最贵的！他付钱。"我指了指陆一欧。

"小孩子喝什么酒？"他一脸鄙视。

我马上从兜里掏出身份证举到他脸前："好好看看，我刚好十八岁，快掏钱吧。"

他视线下移，看了一会儿，不屑地摇了摇头。

一天不打，浑身痒痒，我摩拳擦掌准备冲上去。

"三叔，你在这儿啊，给你。"祝坦坦这时出现了，递给我一杯莫吉托，"一欧，最近怎么样？"

陆一欧拿过我手上的酒喝了起来："挺好的。"

"那是我的酒。"我一字一顿。

"你年纪太小了喝什么酒，一会儿给你买北冰洋。"他摸了摸我的头发，装作无事地看了祝坦坦一眼。

有时候人的潜意识和惯性非常神奇，小时候你看一个人不顺眼，长大了也看一个人不顺眼。作为感情不睦的两兄弟，从小比拼各种实力，并且陆一欧总是处于"你学学你表哥祝坦坦"，导致陆一欧现在时刻保持战斗状态，这场景似曾相识。

气大伤肝，我不跟他一般见识。

"陆一欧，你看。"我指了指在摇摆的人群中跳动的唐缇和在她身边扭动的林茂增，抢回了莫吉托，然后把陆一欧推了过去，“快去，别让林茂增得逞，这家伙没安好心。”

陆一欧回头用眼白了我一眼，慢慢地，一步一回头地走了。

“你到底做了什么，让陆一欧每次见你都能变成这个样子？”我笑着问祝坦坦。

“可能是总比他强那么一点点。”他哈哈哈笑着，“我俩年纪差不多，家里关系比较好，每次都是我赢了那么一点点，只有一点点。”他用食指和拇指比画出一个缝的样子。

“其实他比较内向，说话慢吞吞的，没想到他会交到你这么可爱的朋友。”他又目不转睛地看着我。

呵呵，我喝了一口莫吉托。

唐缇被解救之后，发现我和祝坦坦单独待在一起，很是高兴，站在角落里悄悄地给我使眼色比手势，表示她很满意。

“三叔，其实你的嘴巴很好看。”祝坦坦一边说一边还指了指。

“是吗？”

“厚厚的，嘟嘟的，看起来很软，很像是在撒娇的样子。”这话我好像听谁说过。

“可能是我打小儿就练相声，话说得太多给磨肿了。”我打着哈哈。

他又说：“你知道么，上嘴唇代表幸运，下嘴唇代表幸福。你这样子很好，我很喜欢。”

对话十分赤裸，让我接不住。

哎，勇敢一点刘三叔，把你小时候打架的勇气拿出来。

“你……是不是喜欢我？”你字之后，我用嘴唇把后面几个字像放气一样地放出来。

“什么？”

“我说，你……是不是喜欢我？”再次放气。

“是呀。”他这次把耳朵贴近我的嘴巴，一个字一个字地都听了过去。

“为什么啊？我又不好看，又没钱，还不能嫁人，必须找上门女婿。其实你可以好好看看，那边，西南角的姑娘，就是上次文身店见的那位，多好看，你多看两眼说不定想法就改变了。”有疑问必须要说出来，我实在好奇。

“不知道啊。”他看起来觉得很想笑。

需要理由吗？不需要吗？

这个问题有人比我提前纠结了，我就打算继续纠缠下去，虽然我还是不相信，因为根本不现实。

在这个让人非常紧张的时刻，陆一欧再一次展现了他惊人的实力与酒量，他喝醉了，不省人事。和上次烤肉趴一样，他酒劲一上来，歪歪扭扭地直接朝我扑了过来，趴在我的肩膀上五秒不到就昏睡了过去。

吓得甄甜哇的一声就哭了，为了避免引起骚乱，我们集体告辞了。

“拜，我先走了。”我一手提着陆一欧的腿，一手和祝坦坦拜拜。

“下次见，路上小心。”

回去的路上大家十分兴奋，给睡着的陆一欧画了一脸的小王八。

我看了看前面相拥而坐的伍角星和甄甜，刚想问“怎么回事”，反而被林茂增先行一步。

“三苏（叔），你绝对想不到我干了什么。”他一脸狡诈地笑。

“什么？”

“我给你偷偷安脏（装）了一个随身色（摄）像头，我是不是很聪明！”他一副等着夸奖的表情。

我很惊讶，摸遍了全身：“哪儿，哪儿安的？”

“上衣口袋里。不用谢。”

“干得漂亮。”唐缇十分开心，拍了拍林茂增的肩膀，林茂增的脸唰的一下就红了。

我从口袋里掏出一个手掌大的四四方方微型摄像头，衣服上镜头的位置被剪了一个洞。

“什么时候干的，还把我衣服剪坏了！”

“岑（趁）你让我班（帮）你拿衣服思（时），不组（注）意，则（这）都不四（是）宗（重）点。”他给伍角星使了一个眼色，“明天我们一起看。”

“凭什么！我的录像我要自己看，为什么你们也要看？”我伸手去抢刚刚被林茂增拿走的微型摄像机。

林茂增把摄像机丢给伍角星，伍角星立刻揣进了口袋里：“随（谁）让你丧（上）次偷偷拍我的，你们还一起看呢，我也要看。”

我不顾车身狭小，扑到伍角星那里，伸出手就要掏他的口袋，伍角星吓坏了，赶紧把微型摄像机拿出来往后丢去，林茂增伸手一接，没接到。

不知道陆一欧什么时候醒了，长臂一伸拦住了空中的微型摄像机，然后丢到地上，狠狠地、非常凶残地踩了下去。

碎了，肯定碎了。

我刚要声讨他，他却慢慢悠悠地说："以后还想吃午饭么？别吵，我要睡觉。"然后继续睡了过去，为了表示睡着了，还打了两个呼噜。

为了午饭，我们都齐齐地忍了下来。

大爷还是大爷，你大爷还是你大爷。

今儿已经过去，明天又是新的一天，随遇而安吧。

「第九回」

伍角星变身伍经理
跑业务巧赚第一金

“我爷爷小的时候，常在这里玩耍，高高的前门，仿佛挨着他的家。一蓬衰草，几声蛐蛐儿叫，伴随他度过了那灰色的年华，吃一串儿冰糖葫芦就算过节。他一日那三餐，窝头咸菜么就着一口大碗儿茶啦。世上的饮料有千百种，也许它最廉价，可谁知道，谁知道、谁知道它抵不过豆汁儿、面茶儿，不信你试试，啊不信你试试。如今他海外归来，又见红墙碧瓦，高高的前门，紧挨着大栅栏儿，岁月风雨无情任吹打，却见它更显得那英姿挺拔。叫一声护国寺小吃，滋味特别美，他带着童心带着思念么，再来一口驴打滚啦。世上的饮料有千百种，可是豆汁儿它，却十分地、非常地、特别地不好喝啊，您可千万别尝。”

以上歌曲，由非正式相声演员、以相声世家小开身份活跃于自家茶楼的刘三叔特别献唱。

以前的前门有着他的家，现在的前门还有着他一套房产，京城规划非常有道理，这里不让拆，让拆你也拆不起，对面儿就是大紫禁城，旁边儿就是大栅栏儿，心里特别美，啦啦啦。

爷爷在前门的房产十分大，仿佛有六间屋子，大门有十八道暗锁，保护着我们家最最用不到的东西。

刘氏族谱。

爷爷本来想传给孙子的，结果因为我，他把希望寄托给了重孙子。

有一次相声社（又名活动社）在一个闲闲的下午集体去逛了紫禁城之后，一路向南，正好路过我家祖产的那条胡同，我还豪气地给他们指了指："这要是搁在过去，我就是小三爷；这要是现在能拆迁，不出五年，以我的经商头脑，肯定纳斯达克敲钟了。"

陆一欧一脸平静地看着我，目光带着那么一点优越感："我爸前几年敲过了。"然后慢慢地走到我身边，慢慢地路过我，"祝坦坦他爸今年才敲的。"

为富不仁！土豪劣绅！

"你过来，我一个下劈劈得你脑袋开花。"我冲着他叫嚣。

他转头看了看我，从头到脚地看了看，然后笑了："你劈吧。"

我使劲那么一抬腿，被唐缇半道截下，拉着我说："保留实力，保护早午晚餐。"

祝坦坦最近出国不在，要不然我一定发个信息告诉他，让他好好收拾一下陆一欧。

小不忍则乱大谋，很有道理，接着我和唐缇开开心心地买了一袋双棒分着吃。

结果那之后没几天，伍角星伍社长找到了我。

“三叔，我觉得你最近进步飞速，容光焕发，嘴皮子溜了很多，特别是最近新写的几个相声小段，真是朗朗上口，让人捧腹大笑，包袱抖的时机都特别好。”他真挚地看着我。

我回忆了一下我当初说那几个小段的场景，简直可以用“整个屋内从始至终落针可闻”来形容。

“你有什么事情求我？”我平静地看着他。

他搓了搓手，然后笑得十分荡漾：“三叔，你家前门那儿房子出租么？租金好谈，条件优越。”

“什么条件？”

他正式且严肃地说：“你是特别好看的姑娘，以后可以不用在食堂打饭了，我升你为副社长。”

“就这么定了。”

于是周末我就回了趟家，以感激父母把我养大，感谢爷爷奶奶爱护有加为理由，声情并茂地展开演讲。

刚一说到想出租房产，爷爷就拒绝了。

第二天爷爷带我走进了那套四合院，屋里的正墙上端端正正地贴着刘氏族谱。

最下面一行，只有一个名字，端端正正，字迹飘逸：刘三叔。

爷爷对着族谱潸然泪下，我十分高兴他没让奶奶来，要不然奶奶又哄他又催我的，我实在招架不了。

爷爷的话基本上是翻来覆去的，“就指着你了，三儿啊”“刘家就剩这么一个祖产了”“你看看上面的字啊，这几个是我爷爷写的啊”“枝繁叶茂才是兴家有道啊”“紧靠皇城，紫气东来，这是福根儿啊”……

“爷，其实孙女也挺好，您说是不是，孙女是您的小棉袄，您老在年轻的时候没人批判过你啊？封建思想，重男轻女，这是不对的，女儿也能传后人啊。您想想我从前练的那个单口相声，杨门女将，多么英姿飒爽，还不是照样保家卫国。”这话要是我家老爷子在这儿，我是绝对不敢说出口的，肯定被一顿胖揍，但今天这位老爷爷实在是念叨的次数有点数以百计，使我下意识就说出口了。

话一出口，我就知道完了，现在不被胖揍，回家也得被胖揍。

爷爷马上就不哭了，看着我笑了笑，摸了摸我的头发：“你不懂，三儿。”

出了房子走进胡同，只见门口不远处竖着一个违法的算命摊。

我好奇心高涨，拉着爷爷就走，把爷爷在摊前的椅子上安顿好，丢了十块钱给那个算命的，说：“来一卦。”

算命先生扶了扶墨镜，抬起头来：“十五不讲价。”

这一卦算得是风起云涌，我家老爷爷都自动多掏了十五块钱。

“您这姻缘不太顺，恐怕三十五岁才能成家，起因就是您家有一处祖产，由于年限长了，可能还一直空着，所以人气儿不足，阴盛阳衰，所以我猜您家到您这辈就您一个姑娘吧，如果孩子多的话，估计没有男丁，这就是您家这祖产造成的。这祖产本来还比较能阴阳调和，后来不知道为了什么，周围突然人气增多，于是阴盛阳衰也就日益严重，所以导致了姑娘您的姻缘受挫，后代子孙也多为女孩。不过也不是没有法子的，首先找到祖产之后，把它租出去，最好是男女都有，并且规定只能白日使用，夜晚千万不可住人，门常开一条缝，把我这把扇子置于门上，就可破解。此扇能扫秽物，一百八一把。”算命先生摇头晃脑道。

我一把拦住激动的爷爷，大声说：“三十。”

算命先生就地还价：“八十。”

最终，扇子以五十元的价格成交。

爷爷在回家的路上积极地打探我那位想租房子的朋友，问是做什么用的，是住家还是办公啊。

第二天，我带着胜利的消息回了学校。

“成功了，一万一个月，押一付三。”我拍了拍戴着墨镜的伍社长。

“八千，不能再高，再高我就让陆一欧当回副社长。”

成交。

其实我爷爷跟我说的是五千，他不了解行情，不能信他，昨天被坑了八十块钱呢，怎么都得捞回来，顺便报了那之前说我不好看之仇，但我已经比市价便宜多了。

“你哪儿来那么多钱？你租那个房子干什么用？”我摸了摸胸前的“副社长”胸牌。

“开公司，就差办公地点了，资金方面你不用担心，”他朝沙发上指了指，“我已经有了合伙人了。”

我回头看了一眼坐在沙发上的陆一欧，陆一欧抓住时机冲着我挥舞了一下他新的手把件，一把小锤子。

合同签订第一天，正是暑假开始的第一天，在这一天，伍角星的公司正式开业了，我们收拾好了各自的小背包，奔向前门。

伍角星的公司名字叫：北京中末比商贸有限公司。

这名字听着怎么这么别扭。

我家祖产——刘氏四合院被完美地改造了一下，地面整洁，墙面雪白，还分出了办公区、会客区、休息区和麻将室。

我隐隐有一种预感，这里其实只是相声社的分部罢了。

果不其然，第一天庆祝晚宴开始之前，他们四个人就打起了麻将，由于我和甄甜不会玩，只能去准备庆祝晚宴。

择菜的时候我问甄甜：“你和伍社长谈恋爱啦？”

甄甜的脸红了，洗蘑菇的手都通红通红的。

我揪下蔫儿了的黄叶子：“亲嘴了么？”

甄甜脑袋都冒烟了。

庆祝晚宴我们准备了极具北京特色的铜锅涮羊肉。

林茂增端起杯子高喊："祝生意缝缝佛佛（红红火火）！"

唐缇端起杯子高喊："祝生意财源广进。"

甄甜端起杯子高喊："祝生意日进斗金。"

伍角星端起杯子高喊："祝生意冲出亚洲。"

陆一欧端起杯子高喊："祝生意早日敲钟。"

说完又给我挥了挥小锤子。

还有什么词儿来着，我呵呵呵地笑："恭喜发财啊老板。"

第二天，生意就遇到了开业以来最大的危机。

伍角星觉得乌镇的市场潜力巨大，决心在创业的第一步就加入他们，从他们那里打开市场，定制产品，制作周边与同款，然后和各大企业合作。本来开公司之前为了有一个好彩头，他提前走访了市场，收到了两个漂亮小姐姐的订单，结果两个小姐姐突然变卦，又不做了。

大家一起叹了一口气，然后开始想办法。

林茂增先提了一个关于长线投资、高收益高回报并且绝对不会跑单的建议，他提议让唐缇去做漂亮小姐姐，拍胸脯打包票说只要直播两天，肯定点击率破万，然后包装唐缇，让唐缇在直播里打广告。

他为他的经济头脑感到高兴，并且对唐缇还眨了一下眼。

"我从今天下午开始去上文身课。"唐缇说完摊了摊手表示此路不通。

陆一欧看了一眼伍角星，刚要开口就被阻止了，伍角星说："为了尊严，别找你爸。"

陆一欧说："你想多了，我只是想告诉你，我可没什么办法，我只负责出资。"

甄甜泡了一壶果茶来，颜色紫红紫红的，看起来就很健康，她没有说话，看见我脸就红了。

我高喊着："那我们今天就散了吧。"

下午唐缇离开了，剩下四个人纷纷坐在电脑前面联系新的业务，伍角星甚至时不时地打起了电话，口吻十分商务。

接连几天都没有接到订单，伍角星天天捂着胸口哀号，甄甜就帮他揉胸口，我一个眼神过去，甄甜的手抖了一下。

又到了星期五，我拿着六张票出现在有限公司。

"看个节目啊，让你换换心情。古人云，士气很重要，人生多磨难，欢乐在今宵。"

甄甜问："什么节目啊？"

唐缇说："话剧？舞台剧？演唱会？？？"

我看了一眼唐缇，深深悲痛唐缇也被这群人污染了，不知道中华传统瑰宝的可贵："我家茶馆免费听相声喝茶水。"

大家齐齐地"啊"了一声，兴致缺缺的样子。

结果大家还是去了。

茶馆的演出时间还早，我们不想提前进去和我家老爷子打招呼并且报告各自的家事，于是齐齐地坐在茶楼旁边的小广场上晒夕阳。

我提溜着我的小滑板在他们面前来回穿梭、起跳、落地、转身。

“甄甜，我教你啊。”我一直对教甄甜滑滑板有着执念（请见第二回），觉得甄甜太温柔了，伍角星可不是什么善良人，这一点我从他心安理得享受甄甜揉胸口就能看出来。为了让甄甜以后能够更好地长期吸引伍角星，我觉得滑滑板是个非常有效的方法，毕竟那么帅。

甄甜很腼腆，我怎么拉都不来，真是太腼腆了。

“这广场上没几个人，你怕什么？”

话音刚落，走来一支人数十分庞大的队伍。

他们穿着各自的家常便服，手拿五颜六色的扇子，打开了音响，跳起了舞。

噔噔噔噔噔，噔噔噔噔噔噔噔噔噔。

林茂增听着音乐就站了起来，加入了他们。

唐缇活动了一下脖子和手腕，说：“是应该运动一下了，走啊，三叔一起去。”

我拉着甄甜，回头对陆一欧说：“老爷爷你来么？”

陆一欧瞪了我一眼，一手挥舞这小锤子，一手盘核桃。

我们伸展，我们扩胸，我们走十字步。

快走到音响位置的时候，我发现伍角星正站在音响旁边和放音乐的大爷肩并肩。

我十分好奇。

“你在干什么呢？”我走过去问，发现和伍角星肩并肩的大爷有些面熟。

伍角星挥了挥手喊我过去：“我觉得你们跳得不错，人多跳起来就是好看啊。”

说完回头对着大爷笑了笑，大爷也笑了笑：“三儿，你也来跳广场舞？”说完笑得一脸慈爱。

我赶紧从记忆里搜索这张脸，然后嘴上不忘回复：“是呀，一会儿去茶馆听相声，先活动活动。”

“真是乖啊，你爷爷最近还好吗？我爸总喊着他去下棋，但是听说生病了。”想起来了，这是谭爷爷家的二大爷。

“还行吧，可能有点水土不服，谭爷爷最近还好吧？”我呵呵笑着。

“好，好着呢。”

“您好，我是刘三叔的同学，是他们相声社的社长，谭叔叔好。”伍角星有礼貌地对着谭二大爷问候。

“好，你也好。”

“谭叔叔你们天天出来跳舞啊，够健康的啊。”伍角星再次笑着问道。

我看了看伍角星，没想到他在大人面前这么懂事，和我们在一起完全不一样。

“那是当然啊，我们自己组了个老年舞蹈队，天天在这儿跳舞，留着体力看孙子啊。”谭二大爷笑着回答，然后看了一眼我。

我顿时站直了身体。

伍角星叹了口气。

“怎么了。”谭二大爷赶紧问道。

谭二大爷啊谭二大爷，您叫我说您什么好。我此时已经知道伍角星要干什么了！

“跳得挺好的，就是服装方面大失所望了，要是大家都穿着同样的衣服，那场面真是太美了，说上过奥运都有人信。”伍角星一脸欣赏地看着远处摇摆的人们，其实我觉得他看的是甄甜。

是金子在哪儿都能发光，发光就能被挖出来，生意人在哪儿都能发现生意，被沙子磨得再暗，都能被他的手擦出光。

通俗地讲，无商不奸。

谭二大爷愣了一下，看了看我，笑着摇了摇头：“我们一帮老头老太太有什么钱，随意穿点舒服的衣服跳跳舞就行了，哪还用得到服装啊。”

谭二大爷好样的，谭二大爷真是经验丰富。

伍角星点了点头：“是呀，现在家里哪儿哪儿都要花钱，青菜比肉还贵。”说完悲痛的眼神好像明天就吃不上饭了一样。

我鄙视地翻了个白眼。

“不过，既然您和刘三叔认识，我正好有个哥哥是开公司卖衣服的，还能印花儿，自己家亲戚不要钱，我能从家里拿出来十件，送您，不要钱。那衣服也不是什么特好的衣服，就是一个词，凉快儿、透气儿。”伍角星挠了挠头，“不瞒您说，我一开始是打算卖您的，因为那个货质量很好，但是服装市场那边一天一个样，现在又不流行这个料子了，我就是想帮帮我哥的忙，我哥实在不容易。不过后来想了想，还是送您吧，毕竟也是长辈，哪有收长辈钱的道理呢。”

谭二大爷没说话，还是笑着看着他。

“我明天也和三叔来听她家的相声，您要是不嫌弃，明天就在这里等我吧。”伍角星笑容灿烂地站到了队伍里面，站到甄甜身边，也跳了起来。

晚上我站在我家茶馆的小舞台上声情并茂地说着《杨门女将》第一段，余光扫过他们，发现五个人眼神专注地交头接耳，面前的茶碗儿总续水。

说到精彩处，就林茂增够意思，大声鼓掌，热情洋溢。

演出结束，我们齐齐准备各回各家之前，我家老爷子看着这一批新生代相声爱好者，表示了深深的满意，又听说其中一个梳着小辫的男生的表哥是我的约会对象的时候，表情更加和蔼，又送了我们六张票，热情地对我们说：“常来，常来。”

第二天，我们果然又来了。

第二天，谭二大爷果然也来了。

伍角星这回没有急于上前，而是穿着蒂芙尼蓝的短袖，俗称天蓝色短袖，拉着甄甜跳起了情侣广场舞，跳了一圈，才走到谭二大爷身边：“谭叔叔，您来了。”

我一直站在谭二大爷身边，伍角星一说话，我就听出了狼子野心。不是你约的谭二大爷吗！

伍角星擦了擦脑门上并不存在的汗，然后拿出身后的背包，把衣服递给了谭二大爷，每件衣服都是独立包装，和他身上的这件不一样的是，这些衣服上印着“舞蹈队”三个大字。

谭二大爷眉开眼笑：“谢谢你啊，小伙子。”

然后继续看着他们跳广场舞。

之后，我们去茶馆的路上，我问伍角星：“衣服哪儿来的？”

“漂亮小姐姐不要的那些啊。”

“那字呢！”

“我昨天现找了个地方印的，好看吧！”他得意地朝着我笑了笑。

事情发展很顺利，伍角星接到了好几个订单，因为他价格不贵，还热情尊重长辈。

印花的二十元一件，不印花的十五元一件。

凭着价格优势与笑脸，伍角星迅速地打开了我家茶楼方圆各个小区的市场，连带着我妈都得到了消息，让我给我家小区——她的舞蹈队也订一套。

这件事情说明，笑脸在何时都很重要，如果你没有一双会发现的眼睛，你首先要笑得很真诚。

我听了我妈的话，决定让伍角星送我妈一件，继续开拓新市场。

我事后问伍角星：“那么多办公地点你不找，非得找我家的房子，黄金地段多贵啊？”

伍角星表示：“你不懂，做生意，门面很重要，我把办公地点定在前门，客户一来，我什么都不说，就有一种我们是百年企业的感觉，地根儿北京人，实力雄厚。”

我深深地佩服，由衷地钦佩，伍角星真是个做生意的好料子。

「第十回」

相声社不敌张小荷
刘三叔入社现真因

“开学来得如此突然，不得不说，每个暑假我都以为会直到永远。”——刘三叔 9 月的第一个朋友圈。

九十八个赞，四十二条回复。

后来我无数次地回想那一天，天空阴阴的，飘荡着很多雾霾和浮尘，我正在宿舍挑拣着从超市买的一大堆零食并且做好分类和笔记，把它们有序地放进置物柜中，还画了平面图作为存档记录。这时，只听见一个声音隐隐约约传来，带着破裂的嘶哑，好像天地间劈开裂缝的惊雷喊空了嗓子。

“三苏（叔）！刘三苏（叔）！”

我从阳台探出头去，看见一身绿色的林茂增在楼下一边跳着，一边挥舞着双臂。

我匆匆跑下楼去找他，他一见到我，一把抓住了我的手腕，说着：“跟我来。”然后就狂奔去了相声社。

到了相声社之后，我看到了一件做梦都没想过会发生的事情，在那间不大不小，中间放着沙发，沙发旁边放着麻将桌的屋子里，站着一个闪闪发光的人。

“三苏（叔），我回到学校吱（之）后，把宿舍打扫干净后就跑来打扫社团，结果发现了——他。”

我看着那个闪闪发光的人，脑中一阵眩晕。

他，曾获得过三届青少年全国拳击冠军；他，父亲是世界级拳击运动员；他，长相慵懒、身材魁梧；他，我们放暑假的时候还在想要不要请这个经常上电视的新星来给伍角星的公司做代言，代言费陆一欧来凑。

我挤出一个僵硬的微笑，慢慢走上前去：“您好，您是张小荷吧，我没眼花吧？”

他侧过头来向我笑了笑。

“久仰久仰，您在这儿干什么？莫非也在我们学校上学？”

他转过身，正面对着我：“是呀，刚刚入学，我其实就是一个普通人，以后大家就都是同学了。”

我点点头，看着他，心中狂喜。

“真没想到能看见你，我叫刘三叔，真名就是刘三叔。我特别喜欢你，你上次那一拳打得太帅了，我看了好几十遍。”

我继续一脸僵硬地、痴迷地崇拜着。

“谢谢，很高兴你能喜欢。”

他和我说完话，又继续转头去看别处。我不知道他在看什么，这屋子里空空荡荡的，除了我俩和门口不敢进来的林茂增，一个人都没有。

“听说这里是相声社？”他看了一圈之后转过头来问我。

我点头如捣蒜：“是呀，是呀，你喜欢相声么？难道……你要加入相声社？！”最后一句猜测吓得我陡然提升了好几个声调。

“喜欢啊，你是相声社的么？”他转过头来问我。

林茂增这时跑了过来：“是，她是相声色（社）的，她家还有相声茶馆呢！我也是相声色（社）的，我叫林茂增，我也特别喜欢你。”

张小荷看了林茂增一眼，又看了看我：“谢谢，不过我有点事，要先走了。”

我们目不转睛地盯着他离去的闪闪发光的背影，内心欢呼。

我们和明星是同学！

下午伍角星社长和其他人来的时候，我和林茂增分别有序地，一个接一个地开始向每一个来的人说了一遍，新星张小荷来了相声社，恐怕要加入相声社这件事。

林茂增说的时候激动得整个嘴唇都抖了起来。

为了迎接张小荷的到来，一下午他收拾了五次室内卫生，又戴着白手套把角落挨个儿摸了一遍，又摸了一遍，接着打了一套拳。

伍角星很高兴，觉得代言人近在咫尺，生意兴隆指日可待。

我们正拿着计算机在陆一欧面前算代言费的时候，学校教务处赵主任就给我们送来了一纸通知书。

内容如下（刘三叔版）：

你们社团成立两年了，一个节目都没有，学校组织的晚会你们一个节目都没有贡献过，我们对此非常不满意，社团应该提升凝聚力、展示才华，为学校向社会输出人才做贡献，怎么你们社团总是被人投诉做一些不良活动（打麻将）。而且人员也太少了，五个人占用一个屋子这很不符合资源分配原则，现在学校决定取消相声社团，由更加出色、更加有才华并且更加能够体现个人价值与学校精英理念的社团所取代，从下个星期起这里就被正式收回了，发给张小荷同学办拳击社。你们还是学校的好同学，老师的好学生，以后在学校好好学习，我们对你们还是抱有非常大的希望的。

钦此。

看完这则通知书我们久久不能言语。

伍角星说："大家把自己的东西收拾好吧，空调我拆走，拿到公司去。这几天没事的时候大家都来收拾一下，都收拾好了，咱们吃个告别饭。"

陆一欧点了点头："我没什么需要拿的，你们都拿走吧。"

我还在晕晕的状态中，不知道发生了什么，居然拿起白手套和林茂增一起又擦了一遍窗台。

啪！我擦着擦着一把把毛巾丢到了地上。

“什么意思！欺人太甚！我想不明白，我要找校长评理，我不服，这是仗势欺人，我们怎么就没有贡献了，我们怎么就做一些不良活动了。”

我一个大迈腿要冲出去，就被陆一欧拦腰抱了起来，摔在了沙发上，我又一个跳跃想要再次冲出去，陆一欧接着又把我按倒在沙发上。

“还明星呢，私闯民宅，占人社团，我真是喜欢错了人。我不服气，为什么他一来我们相声社就要解散了啊。”

陆一欧没想到我力气太大，他一个没按住我，扑哧一个脚滑，趴在我身上，然后以迅雷不及掩耳之势又迅速站起，离开我方圆一米的范围内，走去门口把门关上了，并且反锁了。

“刘三叔，你怎么突然爆炸也不说一声呢。”伍角星看了一眼陆一欧被我扯乱的衣服说。

怒火这个事情，谁点着过谁知道，哪是那么好灭的啊。

“你们怎么一点反应都没有，你们是不是早都不想继续办相声社了啊，你们就是不喜欢相声，从来就没人陪我说过。哼，你们不喜欢，我喜欢，我要去找校长，不能这么不公平。”

陆一欧整理了一下被我扯歪的衣服，林茂增还蹑手蹑脚地帮他整理了一下衣领。“你这是去讨公平么？你这是打架去了，看你这样子要是相声社还是取消，你说不定都要揍校长。”

我气得脖子转不了弯，但是心里十分同意他的说法。

唐缇走过来坐在我身边：“三叔，取消了也是学校的决定，而且最近我的文身课还没学完，很长时间都不能在相声社陪你了。”她给了我一个委屈的表情，我一看就心软了。

他们都没有说话，林茂增更是非常冷静，居然开始整理起了我们的物品。

我看着林茂增整理翻花绳和棉花糖竹签，居然难过得想哭，难道只有我这么在乎我们每天在一起的时光吗？

“你先不要急着去理论，这个事情学校既然已经下达通知了，我们现在去理论也没有办法，我们不是真的不在乎。三叔，你想想，相声社虽然取消了，但是我的公司还在啊，我们可以去那儿嘛，大家还是在一起。”伍角星试图安慰我。

“那不一样！那就不是相声社了，伍角星。”我静静地看着眼前这个没心没肺的家伙，哼，生意更重要，他就是一点都不喜欢相声，亏我以前还总给他念小段等表扬。

我站起来拿好自己的东西，走到门口对陆一欧说：“让我出去，我不去打架了，既然你们都不觉得社团取消了有什么可惜的，我还计较什么呢？以后不能在一起吃饭，我表示非常乐呵，再见。”

陆一欧看了看我：“饭还是有的，你们不吃我也吃不完，以后可以换个地方一起吃嘛。”

“你走开，我要继续回宿舍整理我的零食了。”说着一把拉起陆一欧，打开门走了出去。

没想到啊没想到，我刚帮伍角星租了房子，还不用有其他附加条件，社团就没了。

我当时还想着新学期开学，大家打麻将之余，我能带着大家好好感受一下中华传统文化的魅力呢。

他们不想办了，我想，哼哼，看我怎么把相声社团争取回来，然后自己当社长!

回到宿舍之后我拿起一包旺旺仙贝就吃了起来，真是太气人了。

第二天早上起来，我决定挑衅张小荷，在校园里晃悠了一上午也没看见人，失败。

中午我找了个打字复印社打印了一封抗议书，趁着教学楼没人的时候，偷偷地贴在了校长的门上。

下午继续晃荡的时候，我终于发现了张小荷的身影。

“张小荷，你给我站住。”我全速奔跑了过去。

他转过身来诧异地看着我，还一个侧身，避免我撞到他身上：“怎么了同学？”

“你凭什么让学校取消了相声社，你不是明星吗？不是要顾及形象吗？怎么能做出这样的事来，信不信我找个娱乐新闻曝光你。”我十分生气，语气有点气呼呼的。

“我没有让学校取消相声社啊，只是我来学校之后学校让我组建个社团，我答应了，并且说把相声社团那间屋子给我罢了啊。你是不是有什么误会？”他表情十分真诚，我实在不知道他是不是在说谎。

“真的？”我质问道。

他表情十分真诚：“真的。”

好吧，我不牵连这个无辜的人。他也是久负盛名，估计平时训练还要在学校组建社团也是很辛苦的。十分重要的一点是，在我叫嚣过后，我发现我可能打不过他，不能明知会被揍还义无反顾地冲上去。这要是冲了，我估计我就是傻帽儿了。

想到这里，我突然友好地说：“我相信你，不过我现在有事，改天再找你要签名。”

“好啊，如果你愿意，我们现在可以合张影。”他指了指我手上拿的手机。

好主意，我先和他合了影，然后又去打字复印社复印了更多版本的抗议书。

再去校长办公室的时候，我发现之前贴的一张已经不见了。

我又贴了一张。

第二天早上再去的时候，发现那张又没了，于是准备再贴一张，就在这个时候，我发现了拐角处一个若隐若现的身影，时而探头，时而缩头。

“谁……谁在那里？”

他又把头缩回去了。

就在这时，校长室的门突然开了，我还没看清校长的脸，就被一个人搂住了肩膀：“走错了吧，我就说你找不到教室。”

我本来想拽着他的胳膊来一个过肩摔的，抬头一看是陆一欧，气不打一处来。

“你才找不到教室呢，松手，要不一会儿小心你的胳膊。”

陆一欧松开我的肩膀，扯过我一条胳膊夹住，不由得我挣扎，他夹着我的整条胳膊，好像是领走了我，其实是拖走了我，飞速离开了校长室门口。

陆一欧一路把我拖回了相声社，或者说，是前相声社。

“你脑子是不是有问题。”他累坏了，这都怪他平时不好好运动。

我转过头不和他说话。

“你是电视剧看多了，还是真傻，学校都发通知了，你还像个傻子一样去找张小荷，去找校长抗议，你就不能干点正常的事吗？”

“你才傻，我只是觉得他们这么做不公平，你们都接受了，我接受不了。正好，你们都走吧，我自己重新申请社团，我自己当社长。”

陆一欧伸出一只手摸摸我的额头：“我以前也知道你傻，但是没想到你这么傻。你以为，你去抗议就可以了。”

“对呀，我看过几本言情小说，接下来的剧情应该是，校长说，只要你们和张小荷比赛，并且打败了他，社团就重新还给你们。”

“果然是电视剧看多了。”

我一股邪火直冲头顶：“电视剧起码给我指了一条路，凭什么咱们办得好好的，说撤就撤了，我就是不服气！他要是说我没贡献，我可以现在就告诉他，今年晚会我包了，全部都我表演。”

他听完哈哈哈地笑了起来：“你到底为什么一定要有相声社呢？其实咱们几个还在一起就好了啊。”

其实他说的也没错，只要是个正常人都会是这个反应的，觉得不就是一个社团么，为什么一碰就奓毛呢？反正也从来没说过相声，并且大家并没有分开。但是这对我不一样啊，为什么不一样，我有点不好意思说。

嘿，真是不好意思说，您还别不信，脸皮厚不代表不会害臊。

“要你管，我喜欢为了中华传统瑰宝做斗争，你管得着么？”我哼哼了两声，说完扭头就走。

揣着一肚子气走在吹着干燥热风的校园中，我觉得好像有点不对劲，想了半天才想起来，今天上午有课，于是飞速跑去教室。

上课的时候我根本没法好好听课，一直在苦思如何重建相声社这件事，甚至在准备申请材料之前，先写了一套三叔相声社的社规，思考得太投入，不仅老师说什么我没听见，就连下课了我也没听见。

“三叔，干吗呢？”我抬头一看，教室里已经没有了刚才和我一起上课的同学，反而出现了伍角星、甄甜、唐缇、林茂增、陆一欧这五个人。

“你们怎么一起来了啊。”我十分惊讶。

他们五个整齐地在我面前坐了一个圈，然后林茂增开始从地上的小推车中陆陆续续地拿出了很多好吃的。

鱼香茄子、糯米丸子、水晶肘子、糖炒栗子等。

“找你吃饭啊，昨天中午没逮着你，我们昨天吃的海鲜，可惜了，你没尝到。”伍角星咂吧着嘴说。

唐缇给我递了一双筷子：“三叔，我偷偷给你留了两只海蟹，养在我师父店的冰箱里，一会儿我给你拿回来。”

我看了看他们一副“快点吃吧，别凉了”的表情，突然又开始不好意思。

“其实……我……那个……”

“三苏（叔），我吱（知）道你很心痛我们的色（社）团解散了，但是饭还四（是）要呲（吃）的。”林茂增先拿出一瓶免洗洗手液给自己的手消了消毒，又拿出湿巾来反复擦自己带来的餐具。

林茂增擦筷子的时候，手一滑，不小心碰到了桌子沿儿，于是又开始擦洗手液。

“先吃饭，吃完再道歉。”陆一欧吧唧吧唧。

说得没错，一般电视剧里都是，大家准备吃饭了，结果主人公发布了一个重要消息，结果大家都没吃到，听完就拔剑往外走，菜都浪费了。

吧唧吧唧。

水足饭饱，他们五个人擦了擦嘴，然后齐齐看着我：“说吧，怎么回事，怎么和奓了毛似的。”

“其实……是因为……这个……”

“一口气说完，比较没那么紧张。”甄甜偷偷给我加油打气。

“我家老爷子曾经和我说业精于勤荒于嬉，学如逆水行舟不进则退，心似平原跑马易放难收，好好学习相声，每天的基本功不能废，我之前和他说……”

唐缇看我脸都憋红了，一直给我捋后背：“喘口气，好好说，你紧张什么啊。”

“说放心吧，我们学校有相声社，我加入了相声社肯定不会荒废的，一年之后我就领着我们全体社员来家里茶楼踢馆，保证能座无虚席，门票翻番……”

伍角星抬起手制止了我：“你刚才说什么？”

“为此我还和我家老爷子打赌，要是我做到了他就给我去说服我爷爷，不再招赘。嘿，你们说他气不气人，他居然说我一定做不到……”

我面前的五个人目瞪口呆地看着我。

“你当初加入社团的时候可不是这么说的，我说你怎么死活非要加入相声社。”伍角星说完这句话，站起来拉着甄甜就走了。

唐缇看着我期期艾艾地说：“可我不会说相声啊，你怎么从来没和我说过啊。”

“呲（吃）葡萄不吐葡萄皮，不呲（吃）葡萄倒吐葡萄皮。”林茂增念完这两句抬头看了看我，“三苏（叔），我觉得我则（这）一年有进步。”

陆一欧哼哼了两声：“想都别想。”

“那我只能找祝坦坦了，虽然他爸可能不同意，但是他本人对招赘的兴趣很高的，我本来没抱什么希望的。不过，也不是不可能，也许在轰轰烈烈大雨里跑跑，绝食中饿饿，我们就成功了。”

陆一欧哼哧哼哧两声：“滚你大爷。”

一顿午饭我们每个人都吃得很好，但是他们五个在下午不约而同地开始消化不良。

晚上下课之后，我开始挨个儿去找他们诉说我的苦衷，声泪俱下。

“可怜可怜我吧，这可是我翻身的唯一机会啊，你们忍心看着我年纪轻轻的就必须结婚生儿子吗？我也是有梦想的啊，再说，我现在还没有意中人啊，就我这样的想找个心上人多难啊，你们要是不帮我，我可能就得听我家老爷子的了，他说要是我输了，就给我找个麻子啊，多狠心的爹啊，救救我吧。”

唐缇决定为了我试一试，林茂增也表示很有兴趣，唯一不好对付的就是伍角星和陆一欧。

伍角星给我的答复是：“社团都解散了，你还是老老实实地招赘吧，我没兴趣。”

“明天我就把你公司的房子收回来，一个月一万五我绝对能租出去。”

伍角星深深地看了我一眼：“三叔，风水轮流转，这次我答应你了，下次你求我的时候，想想怎么能让我满意吧。”

“爷，您是爷，咱们签个五年合同吧，我绝对不涨价。”

陆一欧是最难对付的，自从上次剪了他的刘海之后就处处和我对着干，实在没什么把柄。

我思考了一个晚上，第二天一大早跑去陆一欧宿舍楼下大喊：“陆一欧！”

“陆一欧。”

喊到第十八声的时候，他终于跑了下来：“小心我把你舌头剪了，一大早在这儿喊什么。”

“谁让你关机的？”

“什么事？要是去你家茶楼说相声你就死了这条心吧，不可能。”

“是吗？你要是不答应，我就把你上次亲我的事说出去，反正我是要招赘的，我家里肯定不反对，不但不反对，还得让你负责，至于唐缇嘛……”

“爱和谁说和谁说。”

我很吃惊：“你不怕唐缇知道？”

“这都一年了我还没戏，我也不指望了，反正有那么多姑娘喜欢我。”

他说得很有道理。

失败，我想了一晚上才想好的，幻想中他应该是哆哆嗦嗦求我千万别告诉唐缇啊。

“那我只能去找祝坦坦了！”说完，我就拿出手机，“自从上次见完面，他找我我都没敢出去，生怕一个不小心祸害了你表哥。现在我不怕了，你就等着叫我表嫂吧！”

他一把把我手机抢过去：“你敢。”

哼哼。

这两个字真是包含着万千含义啊，威慑力极大。

“票卖不出去可不是我的错，到时候别指望我找人把你家那个茶楼塞满了。”

“不会不会，我哪能让您干这么跌面儿的事啊，这事我还是讲诚信的。”我一看他答应了，立刻小心讨好。

“以后再在我们宿舍下面乱叫，小心我……”事实证明，话说一半也非常有威慑力。

这事儿就这么定了，我十分开心，拿着小滑板在学校里溜达了两圈，虽然相声社已经不在了，但是大家终于肯说相声了，可喜可贺。

我一会儿回去再制订一个计划，完善一下我的社规。

最后我想说说唐缇给我留的两只海蟹。海蟹我没吃到，但吃了好多皮皮虾。

那天晚上唐缇在她学文身的店里把两只螃蟹煮好准备拿回来的时候，林茂增骑着脚踏车去地铁站接她，结果刚骑进校园，两只装着螃蟹的饭盒就被林茂增非常“不小心”地打翻在地。唐缇气坏了，指着林茂增说了半天“你你你”，林茂增哪见过唐缇生气啊，吓得脸都绿了，连声保证一定会赔偿的，明天就赔偿。

第二天一大早，林茂增带着黑眼圈两兄弟和黑眼袋两兄弟早早地等在我们宿舍楼下面，见到唐缇就送上五大盒剥好皮，摘掉腿的、干干净净的皮皮虾肉。

神奇的是，这些皮皮虾肉都十分完整，一丝儿缺角都看不出来，这使我再一次深深地觉得林茂增病得不轻。

事后我问林茂增，怎么一路上好好的都没掉，偏偏进校园掉了呢？

林茂增回答我：“我故意的。思（实）在太想呲（吃）唐缇亲手祖（煮）的螃蟹，为此还早早买了好多皮皮虾。”

进击的林茂增，祝他好运。

「第十一回」

绕口令说错引爆笑
刘三叔烤串乐融融

一年之期已到，我和我的爹地决战在客厅之巅。

刘三叔先发制人："我昨天给您买的酱肘子好吃不好吃？您就说是不是肥而不腻，入口即化，特别香甜。"

刘爹地随手一挡："孝敬我是你应该做的，再说你的零用钱是你老子我给你的。"

刘三叔苦苦挣扎："别啊，爸，再商量商量啊，我是您亲生的不是？人家作家写稿不能每次都按时交稿，写作比赛还有因为体谅作者时间不够延长交稿时间的时候呢，您就不能给我个缓儿？我就多要求了半年时间，您就不能再给我个机会么？"

刘爹地轻蔑一笑："再加半年也行，但你要是输了，毕业就结婚是没跑了；咱还得再加一条，去咱家茶馆给我打扫一年卫生，擦桌子擦地都是你的活，并且一分工钱都没有。"

刘三叔拍拍大腿："就这么定了。"

事情终于圆满解决，成功地将去我家茶馆踢馆这件事推迟了半年，让我的婚姻自由又多了一点指望。虽然我觉得有志者事竟成，但是我还是看了看我的手指头。

阿弥陀佛，菩萨保佑。

于是，从这一天开始，我们每天中午十一点半到下午十四点，齐聚我家小茶馆学习说相声。

定这个时间点是有原因的，因为每天只有在这个时间（午休时间）我们才能不缺席且自动自觉地聚在一起。

没办法，伍角星的生意刚刚起步，唐缇的文身课才刚刚学起。

每到这个时候，我真心地打从心里感谢寒来暑往从不喊苦、不喊累，并且对未来坚信希望仍在的送饭姑娘们。

有了她们，我们此刻才能相聚；有了她们，我们的胃和胃才在一起。

学艺的第一天，林茂增带了两包薄荷味口香糖和五个润唇膏。

我拿着口香糖一脸疑惑。

林茂增说："上佛（火）涌（容）易有口气，说发（话）多了嘴会干。"他羞涩地看了看被我一众师兄搭讪的唐缇，"熏到唐缇怎么办？"

我斜了他一眼，然后抬手招呼了一下我的大师兄："大师兄，过来过来。"

大师兄迈着矫健的步伐，两步就走到我身边来了："什么事？"

“我同学说这段时间要在咱们这儿说相声，实在打扰大家了，想着你们平时嘴皮子动得多，给你们带了点礼品，拿好。”我从林茂增手里抢来了口香糖和润唇膏后，一股脑儿地塞进了大师兄的怀里，“口香糖大家一人半片，润唇膏一人抹一下，就这么着了。”

大师兄拿着口香糖和润唇膏，斜了我一眼：“你吃错药了？还一人抹一下。”

“礼轻情意重，意义大于形式，这是关怀，不要满脑子都是间接接吻这种念头，思想要纯净。”

“滚蛋，我想的是娘炮。”然后他拿走了口香糖，留下了润唇膏。

第一天教我们的正是这位大师兄。

大师兄抬抬下颌：“你们先练会儿绕口令。”

我先来：“我给你们打个样：碰碰车，车碰碰，坐着朋朋和平平。平平开车碰朋朋，朋朋开车碰平平，不知是平平碰朋朋，还是朋朋碰平平。”

伍角星看了看我：“我们几个没事，他有点问题。”他指了指林茂增。

林茂增点了点头，给予了肯定的回答。

大师兄很豪爽地给大家宽心：“没事，正所谓熟能生巧，你们先说个一百遍，下次只要听到第一句，之后的自然而然地就从嘴里流出来了，开始吧。”

陆一欧看了我一眼，然后掏出一百块钱给我：“拿去买水，能买

多少买多少。“

我把钱递给大师兄：“来三壶茉莉花，一壶苦丁。”

“还挺会支使人，一会儿你自己续水。”大师兄说完这句话就走了。

“三苏（叔），还四（是）把润唇膏还我吧。”林茂增左手捏着右手的小手指，不自觉地咽了咽唾沫。

其余的三个人除了偶尔地念错和咬舌头之外，还能够正常地练习，但林茂增不行，林茂增愁得五官都扭在一起了。

“三苏（叔）。”他可怜巴巴地看着我。

我说：“你念最简单的四和十就行，当初进相声社不也是为了练好普通话吗？好好练，以后给唐缇念情诗。”

“四四（是）四，sí（十）四（是）sí（十），sí（十）四四（是）sí（十）四，四sí（十）四（是）四sí（十）。”他念了一遍。

我鼓掌表示满意。我提倡鼓励式教育：“非常好！念得非常好！”

陆一欧说完一段，走到桌旁喝茶水，正好听见我说这句话，等我也过去喝茶水的时候，揪住我的衣服把我拽到他身边儿小声地说：“为了哄他说相声，你亏心不亏心。”

我捂着我的心：“不亏，不信你摸摸，心跳一丝都没乱。”

“你少勾引我。”他转身走了。

色情狂！想得美！

天地良心，我真的没有勾引他，我只是想让他把把脉。

一个小时后，精明的商人伍角星开始怀疑人生：“我为什么要答应你？我到底在干什么？”

唐缇说："给我水。"

林茂增的润唇膏得到了他们的一致认可。

"万事开头难，信誉大过天，你们可都答应我了，千万不能退缩啊。"我豪气地喊着。

他们集体表示十分后悔，希望时光可以倒流。

过了一会儿，大师兄拿着一瓶可乐过来了："练得怎么样了啊，都来说一段给我听听吧。"

我们几个依次说了一段绕口令。

到了林茂增……

林茂增说的时候，我其他师兄正好路过。

"四四(是)四，sí(十)四(是)sí(十)，sí(十)四四(是)sí(十)四，四sí(十)四(是)四sí(十)。"

扑哧，不知道谁笑了一声，然后，哈哈哈哈哈，他们全都笑了起来。

林茂增的脸唰地一下红了，颜色变化的速度肉眼可见。

我马上冲出来："你们都笑什么？不许笑了。"

哈哈哈哈，他们还在笑："三儿啊，这也是要跟着你说相声的？"其中一个师兄笑着说。

"要不要我给你朋友舌头上放个哑铃练练，这舌头吃不了卷麻花吧？"另一个师兄笑着说。

陆一欧听到这句，哼了一声，立马拉过僵硬在原地的林茂增，然后转身就走，出门的时候还把我家茶馆门摔得砰砰响。

唐缇看了我一眼，也追了出去。

只剩伍角星一脸严肃地还在那儿站着，静静地看着我这帮师兄。

我一看这架势，猜到陆一欧肯定是生气了，没想到少爷还挺热心肠，对我可从不这样。

“再笑把你们舌头揪出来拧麻花炸着吃。”我怕伍角星因为这个拉着他们集体不和我好了，不再帮我，于是恶狠狠地先发制人。

他们还在笑，有几个都笑岔气儿了，一时半会儿停不下来。

伍角星把我拉回来，对着我的师兄慢慢悠悠抬起了头，声音低沉又无比气势地说：“有句话不知道你们听没听过，笑话人不如人，有能耐咱比比，半年后我们就来踢馆，到时候你们输了的话，哼哼。”哼哼两字想象力无限，威胁感十足。

我那帮师兄估计是想说点什么，但一是笑得实在说不出来，二是我俩走得太快了。

这要是一帮不认识的人，我肯定冲上去先骂一顿，然后逮住领头笑的人再打一架。但是对方是我师兄，我也不敢把关系闹僵了，毕竟手心手背都是肉，于是跟着伍角星走的时候，内心十分羞愧。

陆一欧他们没走多远，就在我们曾经看广场舞的地方待着，我走过去的时候，看见林茂增的腮帮子鼓鼓的，估计不是气的就是咬牙咬的。

“刘三叔，你那帮师兄都是什么人啊，怎么一点礼貌都不懂啊？”我刚走过去，陆一欧就冲我发了一顿脾气，“普通话不好怎么了，他们说得好就能笑话人啊。”

“你可以反击啊，你也说他们啊，你怎么也不说话就走了。”我还想狡辩一下。

陆一欧用手指头戳戳我的脑袋："你是不是傻？我们还能冲上去打他们还是怎么样，真打起来你不得拉架啊，真打起来你不得在中间变成豆馅啊。再说，林茂增的脸都绿了，既然不想让你当豆馅，不走还等什么？"

我听后不好意思地低着头："对不起，都是他们的错，我一定让他们给林茂增道歉。"说完我抬头看看陆一欧。

他还是很生气，气得刘海都一颤一颤的。

我上去顺了顺他的毛："不要生气了，我肯定会教训他们的好不好？"

我又慢慢地走到林茂增身边，林茂增瞬间把头扭过去不看我，我一看这架势，又把唐缇拉过来，林茂增看见唐缇来了，更不把脸转过来了。

好可怜，我更内疚了。

伍角星说："行了，别害臊，多大个事儿，咱回去好好练普通话，半年后来踢馆，看他们怎么笑得出来，走吧，回去吧。"

赌局升级，变成尊严之战了，我很担心要是到时候别相声没比上，反而变成掐架了。

唐缇也很心疼，她一直心地善良，温柔无比，回学校的路上，唐缇一直跟在林茂增身旁，轻轻地拍他的肩膀劝着。

不知道是不是我的错觉，我有好几次回头看的时候，都好像看见林茂增在偷偷地笑。

回学校之后，大家集体请了拉肚子病假，然后去了前门伍角星的公司帮助林茂增练习普通话。

林茂增学习得很刻苦，凡是要说话的时候，都把舌头伸出来左右转着。

“普通话。”

“普通发（话）。”

“标准。”

“飘（标）准。”

练了一下午，林茂增的嘴真的干得起皮了，但还是没说好。

“算了吧，我可愣（能）学不好了。”林茂增有些灰心。

唐缇握住林茂增的手：“不要放弃，你可以的。”

林茂增的脸迅速地又红了，他羞答答地抬起头看了看唐缇，然后坚定地点了点头。

之后我们就不去我家茶馆了，改去中末比有限公司练习。

又到了周末，我回家之后的第一件事就是把脏衣服全丢给我家老太太，然后出门冲向茶馆。

大师兄一见面就问我：“你同学没事吧？”

“还用问？伤心了！伤自尊了！他们几个暗暗立志要打败你们呢。”我故意说得很大声。

众师兄听见我的话之后，齐齐转头看我，二师兄走了过来：“这么严重啊，我们当时就是没忍住，真不是嘲笑他的意思。”

“不是嘲笑还笑得那么大声！”

“忍不住啊。”有几个师兄在师兄堆儿里回答我。

大师兄拉过我：“三儿，今儿晚上看看你二师兄演出，看完了你再继续发脾气，演出快开始了。”

二师兄整了整大褂跟着三师兄准备上台了，其他师兄拉着我找了个位置坐着听相声。

“你仔细听。”坐下之后，大师兄还不忘嘱咐我。

今儿台上说的是个新段子，我从来没听过。说的是有一个南方姑娘和一个东北大汉谈恋爱，南方姑娘长得娇小可爱，东北大汉很是喜欢，每天见了面都要夸她，但是南方姑娘不太喜欢被北方汉子夸奖，总是生气。

有一天，南方姑娘穿了一身白裙子去见东北大汉，东北大汉刚要说话，南方姑娘一把就捂住了他的嘴。

东北大汉很纳闷：“咋的了，小天使？”

南方姑娘说：“你不许每次都一边骂我一边夸我。”

东北大汉更加纳闷：“我怎么舍得骂你呢，我稀罕你还来不及呢。”

“上次，就上次，你见到我穿白裙子那次，”二师兄假装南方姑娘的表情，嘟着小嘴巴，“你一见我就说，哎呀我操，你真是我的小天使。”

扑哧一声没忍住，我也笑了出来。

这样的包袱有很多，每说一个，台下都笑成一团。

大师兄转过头来说："新做的节目，有意思吧，这还得感谢你那位朋友，我们听了之后觉得特有意思，就给编了个新节目，那天真不是故意笑他的。要不哪天你把他们再找来，我们请他们吃个饭，赔个礼，道个歉，这事就算了了，别弄得大家不高兴，给你找麻烦。"

我想了想，觉得这样做非常不错，冲着大师兄竖了个大拇指。

回学校以后我就立刻找了他们几个想着赶紧把话说开了，本来就是个误会，让我那帮师兄齐齐一道歉，自尊心就回来了，也省得林茂增伤心。林茂增一伤心，唐缇就安慰他，陪我的时间就少了。

我刚找到他们，林茂增就向我走了过来："三叔，你看我缩（说）得好多了。"说完还朝我眨眨眼睛。

陆一欧也走了过来："嗯，没错，林茂增你肯定能打败他们。"

我仔细地看了看他们每个人的脸，他们的脸上都冒着兴奋的红光，抱着一种必胜的信念。

"其实，我今天回我家茶馆了，并且狠狠地教训了我的师兄们，他们表示愿意道歉，还请我们吃饭。"说完这句，我把唐缇拉了回来，"林茂增，你就别难过了，你看你现在说得多好。"

"真的吗？那真是太好了。"唐缇听完这话，又走回了林茂增身边，用眼神表示"你其实特别棒"。

陆一欧看了看我："道歉？真心的？你是不是打他们了？"说完又用眼神从上到下扫了我好几眼。

我拍了拍我的胸脯："怎么可能，我可是动之以情、晓之以理，仁义礼智信统统拿出来当典故，狠狠地训斥了他们。打架可不是我能干出来的事，我稳重。”

说这句话的时候，甄甜正好走了进来，我回头和她打招呼，发现她眼神中透露的是难以置信。

伍角星走过去牵住甄甜的手：“早都跟你说了，不要跟着她学。三叔脸皮厚，说谎和吃饭一样，你应该多学学唐缇。”

唐缇此时还在给林茂增加油打气，林茂增受了鼓舞，又开始练嘴皮子。

我顿时气得跳脚。

经过我的苦心调解，大家终于同意，一起吃一顿饭冰释前嫌。

我的师兄们很疼我，也习惯了我的仗势欺人，对我甚是宠爱。有求于他们的时候，他们虽然也会要挟我，但是答应了的事情一定会做好，虽然他们吃住都有茶馆管着，可兜里还是没钱，于是我和师兄们一合计，决定撸串。

为了确保干净、卫生、健康，并且成本低，于是改为我们自己买肉、穿串儿。大家知道我是家里有名的烧烤师傅，于是让我来烤串儿。

我不服气：“凭什么？”

大师兄说：“就凭你们到时候来踢馆，我们可以放水。我可听说了，你要是赢了就可以不用招赘。”

我立刻讨好：“师兄，你们歇歇，我来我来；师兄，这是我攒的私房钱，只有五十块，拿着拿着；师兄，穿串儿哪能你们干的，还是我来吧，我穿的串个顶个地好看。”

师兄们齐齐点头，纷纷表示满意。

北京的十一月真冷啊，室外烤串不切实际。师兄们勤俭节约惯了，觉得这些都不是问题，也不知道从哪儿借来了一个结婚用的大帐篷，在我家茶馆儿后头支了起来。

伍角星、甄甜、陆一欧、林茂增和唐缇来了之后，纷纷问我：

“这是请客吃饭么？”

“你师兄是不是带我们到别人家婚宴上蹭饭？”

“要随礼么？”

我刚要回答，师兄们就一个接一个地从帐篷中出来了。

“来了，快进来，地方简陋了点，别嫌弃，但是吃得保证健康，都是自己准备的，就图一个干净，吃着放心。”大家进屋之后，才看到原来是怎么回事。

围坐一圈儿之后，大师兄说：“三儿，先来五十个串儿，再来点板筋、心管，鱿鱼也烤几条。”

“好嘞。”

我站在他们左后方的烤炉后面注意着情况，生怕一会儿又闹起矛盾。要是他们再吵起来，我就把烟都扇到他们那边去。这样的话，他们估计会转移战斗目标，纷纷向我打来。

大师兄端起酒杯就先开场：“那天实在对不住了啊，我们这帮师兄弟平时打闹惯了，和你们没有交往过，不知道深浅了，实在对不住啊。

我先干了，算是道个歉，一会儿让他们也喝一个。”

一股子江湖气，我心里暗暗腹诽，然后大声说：“大师兄，我同学有几个不怎么会喝酒，特别是那个扎小辫儿的男生，你别让人家喝多了。”

陆一欧听后，转过了头：“好好烤串。”表情十分可怕，仿佛还有点害羞。

“对不住了啊。”其他师兄也纷纷站起来，喝了杯子里的啤酒，声音此起彼伏。

师兄团喝罢，伍角星就站了起来：“没事没事，谢谢你们请我们吃饭。”然后他也把酒喝了。

接下来，是一段不知道说什么好的沉默。

我一看，赶紧加快了烤串的速度，先把五十个串儿拿了上去：“吃吃，都是熟人，不用拘谨，我师兄们说了，还教咱们，保证用心。”说完我回头看着师兄们，他们一脸莫名其妙，我继续咬牙切齿，“对不对啊？敢说不对，小心我给你们下毒啊。”

师兄们连忙点头：“对，对。”

唐缇看着我的师兄们个个表情惊恐，笑了出来：“你们平时都这么怕她么？”

唐缇果然是唐缇，她一笑，我的师兄们纷纷赔笑，然后一个接一个回答。

师兄 1 号说：“怕，我被她骑着揍过。”

师兄 2 号说：“怕，她把蟑螂丢进我衣服里过。”

师兄 3 号说："怕，我胡子被她偷着刮了好几次。"

听到这里，陆一欧想起了他被我剪掉了刘海的事，对师兄 3 号表示深深的同情。

林茂增也表示十分同意，伍角星乐不可支："那你们都打不过她？"

大师兄听到这里，憨憨地一笑："她是小时候比较淘气，但怎么说也是一个小姑娘，从来不和师父告状，还偷偷帮我们打掩护，我们都舍不得打她。"

大师兄这会儿又特别铁汉柔情了，真不明白才二十来岁，怎么说话总是老气横秋的。

"没错，没错。"其他师兄又跟着一起点头。

我又烤了几条鱿鱼和火腿肠拿上去。

林茂增看唐缇听得高兴，就拿了一串儿鱿鱼递给唐缇："快呲（吃）吧，一会儿凉了。"说完立刻觉得不对劲，赶紧捂上了嘴。

我看见他捂嘴，觉得有点心酸，刚要说话安慰他，结果被唐缇抢了先："捂嘴干什么，傻瓜。"说完把鱿鱼接了过去，"你也吃一个，挺好吃的。"

师兄们也说："没事，你普通话不好是方言的问题，我们出国说英语也都是儿化音，不用害臊。来美女尝尝这个香菇，三儿的手艺不错，你多吃点。"

林茂增看着对面三四个献殷勤的师兄，顿时慌了手脚，只一个劲儿地给唐缇拿串儿。

哎，真是情路坎坷，非得喜欢一个人见人爱的姑娘，生活得多惊心啊，我还是烤串吧。

一顿饭时间，大家从我小时候多么能欺负人，聊到从小到大我多能犯傻，相声社的几位和他们说着说着，也想起了我的很多傻事，大家彼此高兴地交换着回忆，说到高兴处还一起鼓掌吹口哨。

我在后面烤串的时候听到了这些非常生气，给他们多加了好多辣椒面。

陆一欧估计真的被我辣到了，说到我在798假冒韩国人的时候咳嗽了好几声，喝水时不小心拿起了旁边的一杯白酒一口气喝了下去。

五分钟后，醉得不省人事。饭局解散，挥手告别。

回学校的路上，陆一欧嚷嚷着热，脱了好几件衣服，要不是伍角星护着，可能连裤子都脱了。

我看了看林茂增，他一直用手挡着唐缇的眼睛。我觉得林茂增才是最大的赢家，什么委屈都是骗人的，都是装可怜。一起游泳泡温泉都玩过了，还怕陆一欧脱几件衣服，他还穿着小背心呢好不好。

哼，不要妄想抢走我的唐缇。

「第十二回」
刘家人喜得上门婿
一变二选择好为难

周五晚上我回家之后，顾不得把大包小包的脏衣服递给伸手来接的我家老太太，一股脑儿地把东西扔在门口，把身上穿的大衣脱了下来，也丢在门口，然后飞速地冲向了厕所。

地铁人真多，挤得我差点忍不住。

我家厕所距离大门不到一米远，一边方便一边听着我家老太太隔着门数落我。

“你喝了多少水啊，把后海都咕嘟咕嘟喝了吧，忙三火四的，衣服随地乱丢，手机都掉地上了，摔坏了我可不……”

听人说话听到一半真难受，真真儿地难受，您倒是说完呐，真急人。

提好裤子我打开门正想和我们家老太太理论理论，觉得她这么折磨人非常不好，容易堵住一口气，一会儿晚饭都吃不进去了。没想到我一开门，发现门口站的不止我家老太太，还有我家老爷子，还有我那一脸激动的爷爷和帮我爷爷顺气的奶奶。

他们怎么了？他们知道什么我不知道的？

“三儿……”又是欲说还休，这次是我爷爷。他满脸红光看着我，嘴唇哆哆嗦嗦了半天也没有下文。

我家老爷子这时给我解开谜团，他把我刚才掉在地上的手机举起来，举到我面前。

“三叔，我入赘的事情你考虑得怎么样了？下周末有时间吗？（一个笑脸）”

信息发送人，祝坦坦。

虽然我手机还在锁屏状态，但是信息提示在屏保上，内容十分清晰，一点也不耽误阅读。信息指名道姓地喊了三叔，这让我想赖一下都赖不掉。

“什么时候领回来给爷爷看看？上次说出国了，上上次还是说出国了，这次可算是回来了。”爷爷很高兴，我仿佛从他的目光里看到了一个大胖小子。

我家老太太的神情还是符合一个身为人母应有的模样：“真谈了？之前说的是真的？家里干什么的？多大了？”

我看了看手机信息，又看了看我家众人的神情，开始考虑我要从什么时候说起。

“领回来看看。”我家老爷子没等我说什么，决定还是亲自出马替我相看相看。

爷爷紧接着高声喝止：“我们自己去看，你们约好了地方告诉爷爷啊，爷爷过去看。”说完转头和奶奶笑着说，“还是咱们去看，显得咱们重视。”

奶奶居然甜蜜地笑了一下。

我其实还想说他出国了。

刚开始祝坦坦是真的出国了，后来再要一起出去玩的时候，总是有事情耽搁。比如陆一欧支使我去给伍角星的公司采买办公用品；比如林茂增总去文身店接唐缇，陆一欧觉得唐缇虽然不是自己的了，但也不能便宜了林茂增那小子，我们要一起去；比如陆一欧说“你让我们说相声，你自己去玩，你好意思吗”。再后来我这儿的事情比较多，就没工夫理他，每次都随便找个借口推掉了。

我这儿正为自由恋爱、婚姻自由、生男生女都一样而奋斗呢，实在是没时间出去玩。

这下可好，不去不行了。

周一回学校的时候，举着手机找唐缇：“怎么办？怎！么！办！”

唐缇看了看手机，又看了看我，居然高兴地跳了跳：“又要约会啦？”

我很无奈，把事情的来龙去脉讲了一下。

林茂增这时正好给唐缇带了一盒水果沙拉，顺耳也听见了我的来龙去脉。

林茂增听完后先把水果沙拉递给唐缇，然后和我说：“三苏（叔），你家里要四（是）同意了，我们四（是）不四（是）不用缩（说）相声了。”

前几天还三叔呢，今天又三苏了。

“那不行，别人不说你也得说，我觉得你资质特别好，打算培养你当我的搭档。”说完一脸任重而道远的表情看着他。

林茂增吓坏了，求助似的看着唐缇，唐缇递给了他一颗润喉糖。

唐缇对林茂增说：“我觉得其实你和三叔搭档效果会很好。”

林茂增陷入了苦思冥想。

接下来，在唐缇的帮助下，我给祝坦坦回了一个信息，意思是说，招赘的事情我考虑了，我觉得你很有勇气，不过我觉得你可能还是不太了解具体情况，周六我携全体家人给你科普一下，你再好好了解了解，慎重考虑考虑，不见不行，就这么定了。

估计祝坦坦被我吓坏了，第二天才回我：

“这么快就见家长了？我穿天蓝色的西装你喜欢吗？你上次告诉我这个颜色显白。”

我看了短信，一口气堵住了嗓子眼，咳嗽了起来。

他是认真的？我想了想祝坦坦的脸。他出国没碰见外国妞？他脑子估计有问题。

同样在第二天，林茂增可怜巴巴地诉说了来龙去脉，并且表示其实自己的相声天分还是非常有限之后，陆一欧、伍角星和甄甜都知道了。

伍角星看了看陆一欧，搂着甄甜和我提议说：“一起去吧，我们也去。”

我惊疑地看着他："为什么？"

"帮你拍视频，留下爱的纪念。"伍角星举着手机对我晃了晃，"你不是一直都想要这个吗？"

然后我又陷入了苦思冥想，这么多人一起吃饭，谁买单？

我多虑了，伍角星没给我为难的机会，他用陆一欧的卡在我和祝坦坦约定的餐厅包间的隔壁订了位置，给了我一个似笑非笑的表情。

"麻烦您，饭费也从卡里刷吧，想吃什么点什么。"我诚恳地说。

哎哟，我的耳朵。陆一欧不知道什么时候出现在我身后，捏起我的耳朵就往外走。

"凭什么刷我的卡？"听语气气得不轻。

"松手，松手，信不信我一会儿咬你脸。"我耳朵都红了！

陆一欧把我提溜到墙角才松手："你的脸皮呢？"

"这儿呢！厚实着呢。"我本来捏着他揪我耳朵的手指想狠狠地扭一下，他一问，我就顺势牵着他的手，点了点我的小脸蛋。

五秒钟后，我和陆一欧回归了集体，若无其事地和其他人继续探讨还要用陆一欧的卡刷点什么。

饭局当天，下起了鹅毛大雪，北京城银装素裹，分外妖娆。

爷爷早上起来之后递给我一条玫瑰粉色高衩旗袍，想让我也分外妖娆。

我看了一眼外面的天气，紧紧地攥住旗袍问："不会冻死么？爷爷。"没等爷爷回答，又说，"穿上之后就不能要回去了好吗？"

爷爷摇了摇头：“我昨儿跟你奶奶说好了，只借一天，明儿就还给她。”

哼，一定是你这个白胡子老头舍不得，我晚上直接去找奶奶要。

这可是我第一次穿旗袍啊！我奶奶还给我梳了个朝天包包头！

我很激动，内心居然有点感谢祝坦坦。

我们一行人抵达饭店的时候，可以用浩浩荡荡来形容。

您请看前方：我爷爷、我奶奶、我爸爸、我妈妈，我双胞胎姐姐们（没敢带男朋友）。看过之前故事的您应该知道，我还有俩姐姐，要不是我大爷和我二大爷回不来……扯远了，对不起。

您再看离我们二十米，假装不认识我的后方：伍角星、甄甜、唐缇、林茂增和陆一欧。

前面四个人戴着口罩怕被认出来，陆一欧没有，他搓着核桃解释：“没那个必要。”

果然他在门口就被认了出来。

“一欧，你怎么来了。”说话的这位是在饭店门口等待着我们的祝坦坦。

祝坦坦穿着一套天蓝色西服，白色小皮鞋，一脸喜悦地喊着“呦，你怎么来了”的画面十分诡异，好像真的是个想嫁人的小闺女看见自己家表弟那种腼腆又热情的样子。

我们家人回头一看，我爷爷一眼就认出了陆一欧。

“这不是那天在学校看见的那个小伙子么？是坦克的表弟对吧？一起吧。”第一句话表示诧异，第二句是对祝坦坦说的，第三句话是对陆一欧说的。

本来就是客套客套，我正给伍角星使眼色让他快点拉走陆一欧，陆一欧就开口说话了："爷爷好，我叫陆一欧。你们也在这儿吃饭啊，真是太巧了。那就听爷爷的，谢谢爷爷。"

这人是谁？克隆亲切版陆一欧？

伍角星他们本来想上来拉走陆一欧的，听到这话和我一样，纷纷石化了。

陆一欧说完，还亲切地热情地从我手里接过爷爷的手臂搀扶了起来，一边搀扶一边还有空和我们家人还有祝坦坦都打了个招呼。

乖乖！老天！上帝！阿弥陀佛！

我最后不知道是被我爸拉着走的，还是被我姐姐们踢着走的。过程完全没印象，只记得我晕晕乎乎地就到了包厢门口。

我苦思冥想了好一会儿，唯一能解释的就是，他是深入敌区来帮我拍视频的。但他是陆一欧啊！帮我拍视频？林茂增还差不多好么！

落座之后我家老太太不着痕迹地在我耳边说："这个男孩子不错，你可以考虑考虑。"说着还用眼睛瞟了一眼祝坦坦，"穿得那么艳——你守不住。"

抓一把花生碎，倒入蜂蜜，再加点白糖和芝麻，一起丢进泥巴里搅和搅和，用力，再用力，把搅拌棍搅折，就是我现在的心情。

祝坦坦一直保持着神秘的微笑，然后等我们都落座后，开始招呼服务员点菜。

“龙虾点一些吧。”祝坦坦说。

陆一欧也拿过一个菜单：“爷爷奶奶叔叔阿姨姐姐们喜欢吃鲍鱼么？”

“海参！”祝坦坦说。

“鹅肝！”陆一欧说。

“烤鸭！”祝坦坦说。

“爆肚！”陆一欧说。

……

我家老爷子脸越来越黑。

“没事，爸，他们把饭店买下来都没事，安心吃。”抚慰完我家老爷子，我也仰头喊了一句，“来个土豆丝，酸辣的！”

我的两个姐姐一人抱着一碗燕窝吃得眼睛都看不见了，已经忘记了减肥是怎么一回事。

只有我家另外四位老人还记得肩上担的重担。

爷爷奶奶围着祝坦坦坐：“多大了，学什么的啊，怎么总出国啊，家里几个兄弟姐妹啊？”

爸爸妈妈围着陆一欧坐：“和我们家三儿是同学啊，天天在一起吗？平时喜欢干什么啊，有空多来家里玩啊。”

我一边咬着土豆丝，一边想象着空中伸出一只魔力之手把“有空多来家里玩啊”这句话打出宇宙。

我捅了捅我家老爷子：“爸，你又不是第一次见陆一欧，也跟着热情个什么劲？”

老爷子笑得意外地豪爽："你妈喜欢，你妈不是没见过吗？"

土豆丝挺好吃的，木耳山药也不错。

这里基本上没我什么事儿了吧，大家其乐融融的，我甚至不知道我到底是不是主角。

"三叔，要不要喝点小米粥，你光吃菜是不是有点咸？"祝坦坦突出重围向我献殷勤，成功地把视线拉回到了我身上。

"咳咳，我喝水就行。"

陆一欧突出重围给我倒了一杯水。

祝坦坦说："一欧，我来就行了，你多吃点饭，你好久没回家，脸都瘦了。"

陆一欧客气地回绝："没事，我们在学校天天在一起，都是这么彼此照顾的。"说完又微笑着看了全场一圈。

"彼此照顾？"我惊讶得声音都变了。

"比如每天午饭啊。是不是啊，三叔？"陆一欧看着我的时候虽然也在笑，但是表情有点狰狞。

呵呵。

"是，我们习惯了，你也多吃点。"我尴尬地笑着，对着祝坦坦说。

祝坦坦夹起一口土豆丝津津有味地吃了起来。

"你俩是表兄弟吧，哎呀，一个个都长得这么好，兄弟感情看起来也不错啊。"爷爷突然说出了至关重要的问题。

我激动得都要站起来了："对，特别相亲相爱，从小到大都喜欢一样东西，可以说和双胞胎没什么区别了。"

你俩的斗争请回家关起门来钻被窝里打好吗？我是无辜的。

祝坦坦点了点头，突然表情严肃了起来：“其实我今天本来是想约三叔出去吃饭的，上次答应请她吃饭的，而且我也是……”说到这里停顿了一下。

全桌人的耳朵都竖起来了，表情各异。

“我其实没想到今天可以见到爷爷奶奶叔叔阿姨，那我就说了吧，听说三叔以后要招赘？你们觉得我可以吗？我虽然还没毕业，但是已经开始做生意了，而且是真心喜欢三叔。”

一口土豆丝直接从嘴里掉进了盘子。

我从来没说过我喜欢他啊，从来没说过要招赘他，怎么说得和我俩情投意合一样，这是什么时候的事情啊！

爷爷奶奶的脸上顿时笑开了花，我妈的表情有点犹豫。

“好哇！好哇！好哇！”爷爷满足地笑了笑，眼睛里泛着泪花。

“什么？”陆一欧用手掩口，一脸受伤，委屈得好像控制不住自己的样子，“可是上次三叔你还亲了我，你难道是骗我的？”

“什么！！！”

噗！

“什么”是其他人一起惊呼的，“噗”是我刚把喝的压惊水吐了出去。

上次不是意外吗？他怎么能说出来，还当着大家的面！

陆一欧好像一副不小心说了出来，不知道怎么办的样子，脸红到脖子里，眼睛都闭上了。

他深呼了几口气，接着说："你还总说要嫁给我……"后面的声音越说越小。

这几句话杀伤力太大了，我觉得我现在已经不是刘三叔了，我是刘剩一口气。

满桌子菜都没吃多少，现在都是口水。

"这到底是怎么回事，三儿。"我家老爷子坐不住了，表情很严肃。

我爷爷的反应比较好，起身走到我身边，和蔼地拍着我的肩膀："你可不能这么花心啊，三儿。"

我欲哭无泪，我不知道该怎么办了。

再吃一口土豆丝？然后抽自己一嘴巴？

场面瞬间尴尬了起来。

祝坦坦这时起身，我吓得往后一躲，心想：别闹了，别吓唬我了。

"我先去结账，你们先谈，我在这儿好像有点不方便。"他说着就往门口走。

陆一欧也站了起来："还是我来吧，你们好好聊。"

俩人慢慢悠悠，你争我夺地走了出去。

包房的门刚一关上，我家老爷子就一个巴掌拍在了桌子上，啪！

这个时候我是不是应该哭一哭？

"怎么回事，说清楚了，还和人家小子亲上了？"说完他回头看了看，"那小子我饶不了他。"最后一句话好像在自言自语，咬牙切齿的。

"三儿啊，咱们可不能这样啊，你不是和坦克在谈朋友吗？怎么又出来了一个？"爷爷有点骄傲，但是看我爸这么生气不敢光明正大地给我些鼓励，只能忍住骄傲，安抚地坐在我旁边。

我怀疑他是担心一会儿我爸冲上来揍我。

“那是意外，一个不小心亲上的，我俩真没什么啊。”我的解释很苍白。

双胞胎姐姐吃饱了，看气氛凝重，先溜了，走之后还给我发了个信息，让我回家好好交代细节，她们最近生活很无聊。

这顿饭开始得很意外，过程很惊讶，结尾莫名其妙。

等他俩不知道谁结完账一起回来以后，我这儿还是没说出来个一二三四。

但是说到这里也不好再继续往下聊了，我爷、我奶、我爸、我妈纷纷和蔼地对着祝坦坦和陆一欧告别，然后拉起我就走了。

爷爷出包房的时候嘴里还念念有词：“果然把前门那房子租出去租对了，三叔这么多人喜欢啊，哈哈哈哈哈。”

这老头是真高兴，我回家还不知道怎么办呢。

回家之后，我家老爷子老太太把爷爷奶奶哄睡着了以后，把我关在他们卧室轮番上了好几节思想教育课。

这也就是现代，这要是古代，我估计《女则》《女诫》得抄上一万遍。

这要是古代多好，我绣绣花，看看家，安安心心等着嫁人就好了。

“你最近给我老老实实的，真要是喜欢那俩其中一个就定下来，别再搞那些不正经的事。以后和男孩子说话都离远点，省得再有什么意外。这要是再出现几回这样的事，再多出几个男孩子，你也不用婚姻自由了，年纪到了就把他们招赘进来。听见没有！”

结束语说完之后，老爷子大手一挥，我被释放了。

“爸爸妈妈，早点睡。”我一溜烟儿跑走了。

回到房间一看手机，上面好几条祝坦坦的信息。

“三叔，我是真的喜欢你。”

“我知道你和陆一欧不是男女朋友，你还是可以考虑考虑我的。”

“今天发现你更可爱了，改天再请你吃饭。”

“你不要总是拒绝我，你还不太了解我，了解了解再说嘛。”

七七八八，还有差不多十五条吧。

我一条也不敢回。我不知道该说什么，还是睡觉吧。

周一一早，我轻车熟路地再次跑到陆一欧宿舍楼下，把他喊了出来。

“你你你你你，你疯了！”

他摸了摸我的头顶：“你应该感谢我，要不是我，你就得嫁给祝坦坦了。他人不行，我救了你。”

“啊？”

“你不是还要自由恋爱，好好嫁人吗？我这是帮你呢！要不然我们这几个月的相声白说了？这事就算过去了，去吃早饭吧，给我也买点，我要喝豆浆。”他居然心情很好地和我说了这么多话，他居然心平气和的。

“假的？你就是故意捣乱的？”我不信。

“不用谢。”他笑得牙都出来了，这一笑，天突然亮了起来（北京的冬天，天亮得晚）。

“滚蛋，你知不知道我差点挨揍啊，我的屁股肿了你照顾我啊。”我气得跳起来。

“我？好哇。”他居然答应了。

咳咳。

“我是不是得罪你了？哪一次？你和我说说哪一次，我给你道歉，别说道歉，捏脚都行。”我试探地问出最想问的问题。

“没有！”他回答我。

“那你为什么说咱俩嘴对嘴的事儿啊，你不是不让说吗？”话说完，我看见陆一欧的脸以肉眼可见的速度红了起来。

“我就是看不惯祝坦坦行了吧，我就是看不惯他得意的样子行了吧？”他红着脸狡辩。

果然如此！我就知道！我是玩具！我是小汽车！

“行了，别吵了。我要吃早饭，豆浆不加糖，油条两根，一碗豆花，五个包子，再来一碗馄饨。”他主动结束话题，并把我推得老远。

吃你个头，一会儿我非吐点唾沫在你的油条上！

“你也不怕撑死！”

陆大爷此时掏出一百块钱。

“我买给咱俩的啊，你难道不吃？”

我使劲摇摇头：“吃。”

“剩下的钱归你了，乖，不要吵，让我安静安静，去吧。”

我拿着一百块钱居然很没志气地说了句：“好的，你等我回来。”

「第十三回」

刘三叔意外招眼刀
祝坦坦深情来表白

“女人啊！

华丽的金钻，闪耀的珠光，

为你赢得了女皇般虚妄的想象，

岂知你的周遭只剩下势力的毒，傲慢的香，撩人也杀人的芬芳。

“女人啊！

当你再度向财富致敬，向名利欢呼，向权力高举臂膀，

请不必询问那只曾经歌咏的画眉，

它已不知飞向何方，

因为它的嗓音已经干枯喑哑，

为了真实、尊荣和洁净灵魂的灭亡。

……”

姬老师是个有文化的人，姬老师说，为了分散我们的注意力，给我们念一段儿莎士比亚熏陶熏陶，这样就不觉得疼了。

我其实无所谓。我整个人像一张小薄饼一样贴在地上，并没有什么感觉，甚至有点困困的。

可是林茂增不行，趴青蛙（请百度，请实验，挺疼的，哈哈哈哈哈哈，做到的举手我看看）。对于他来说简直就是非人的折磨，他都已经不能呼吸了，一口一口倒吸冷气。

姬老师把整整一段莎士比亚《仲夏夜之梦》，声情并茂、慢慢悠悠、时而停顿地念完后说："好了，大家休息一会儿吧。"

林茂增这才慢慢地趴在地上，其间还不时发出"哎呀，哎呀，天啊，妈妈"这些声音。

十分钟后，林茂增才发现我睡着了。

其他人其实都已经下课了，只有我俩还在原地。他是因为太疼动不了，以为我是因为讲义气所以在陪他。

他断断续续地和我说了很多话，我一句都没回答，他才发觉不对。

"三苏（叔），醒醒。"林茂增语气温柔，下手却极狠，我觉得我整个人是被一阵冲击波震醒的。

"蒸羊羔？"我以为我在家里被我家老爷子踹醒呢，下意识就要念贯口来免受一顿拳打脚踢。看清楚是林茂增以后……

"扑哧。"哈哈哈哈哈哈。

"你这是扮演关羽爷爷呢，脸红得可以呀。"

“三苏（叔），拉我一把。”他艰难地朝我伸出右臂，手指颤颤悠悠的，十分羸弱，十分可怜。

二十分钟后，我俩才坐在地板上。

“你不四（是）森（身）手很好么，怎么又来丧（上）课了。就因为你来了，姬老师才给我们加大蓝（难）度的，我们才趴青蛙的。”他说一句话喘三口气，语气十分愤恨。

我伸手从裤兜里掏出一根棒棒糖递给他表示安慰：“我也没办法啊，现在一出门就得接刀，防不胜防，我身心疲惫，就刚刚来的路上，我还是抄小路走的呢。”

他也扑哧笑了，然后跟着两声“哎哟，哎哟”。

“你说，是谁把我和陆一欧那什么的事儿说出去的，那就是个意外啊。我怀疑是祝坦坦，他是不是傻啊，追我还得传我和别的男人那什么的事，他是不是有点特殊嗜好？”我后槽牙都快咬碎了。

为这事，我一个多星期没理祝坦坦。

我接着说：“你都不知道，现在那些姑娘看我的眼神有多锋利，我都不敢对视，挨上一下都怕流血，女人啊，华丽的刀把，锋利的眼刀。”我还是把姬老师声情并茂的演讲听进去了。

“咳咳，”林茂增的眼神闪烁，“四（是）陆一欧有天不小心缩（说）的。”

什么！

“就辣（那）天，你被老斯（师）叫去训发（话），我们先呲（吃）午饭的斯（时）候啊。伍角星问陆一欧为什么不让租（祝）坦坦跟你在一起算了，则（这）样大家也都解放了，他俩你一句我一句地缩（说）着，陆一欧一激动缩（说）‘我都亲过了，他就别想了’，曾（正）好这时候送饭的女孩子来了。”

虽然林茂增普通话不怎么好，但是这不妨碍他讲故事，他说得十分详细。

我脖子都硬了，不知道该怎么转过去看林茂增。

“那个王八蛋自己让我别说的，还威胁我来着，那就是个意外。丫的，这都传得沸沸扬扬了，以后嫁不出去了，肯定不能自由恋爱了，我一会儿得去杀了他。”

“三苏（叔），你缩（说）陆一欧四（是）不四（是）喜欢你？”

哼哼，我轻蔑地笑了：“别扯淡，他觉得我就是个小汽车！”

“啊？”

没工夫和他解释，我这暴脾气一上来，谁也拦不住，说走我就走，走时吼一吼。

在去复仇的路上，我想了一下要是陆一欧拿午饭威胁我怎么办？要是他拿不说相声威胁我怎么办？要是一言不合打起来，我能不能跑得比他快？

结果是，好像可以。

说曹操，曹操就到。

只见陆一欧就站在学校大门口，穿着一件雪白雪白的羽绒服在那里东张西望，我一个箭步跑上去，跑到他身后又一个蹿天跳，然后一掌劈在了他的肩膀上（没错，我不敢照着脑袋打）。

打之前陆一欧说了一句话，那句话还没说完，就被我打没了。

那句话是："爸，你……"

爸？大财主？敲钟人？

我刚才是不是打了陆一欧？我感觉我一会儿可能会被保镖胖揍一顿。

我慢慢地转过头看着陆一欧前面的男人（陆一欧长得太高了，我根本没注意好么）。雪花白的披肩长发，清瘦，戴眼镜，下巴长得和陆一欧一模一样，没错的，是陆爸爸。

"这是？"语调上扬轻缓，表情似笑非笑。

这时，我平时面对我家众多亲戚所训练出来的素质就显示出来了。

"陆叔叔，您好，我是刘三叔，陆一欧的……"还没等说完，陆一欧就从身后一把抱住了我，双手捂在我的嘴上。

"你就是刘三叔？"好像是在问我，但是眼睛却看着陆一欧。

叔叔别误会，我们关系真的很好。我虽然被捂住了嘴，但是不妨碍我点头。

陆一欧这时松开了我，我回头瞪了他一眼。

怎么？你爸爸吃人还是我吃人，捂我嘴干什么？

就在此时，远处又出现一个声音，喊着我的名字："三叔！"

我侧身一看，心里哎哟哟，是祝坦坦。

"舅舅？你怎么也在这儿，来看一欧啊。"祝坦坦看见我之后走了过来，走近就看见了我身边的陆爸爸和陆一欧。

“你怎么来了？”一句话，三个人问，我觉得我们仨可以许愿了（我小时候听说，当两个以上的人不约而同说同一句话的时候，就可以许愿，并且心想事成）。

“我来找刘三叔。”祝坦坦说完了之后，居然腼腆地笑了起来。接着，祝坦坦趴在陆爸爸的耳边说了句什么，陆爸爸看了看我，又朝祝坦坦笑了笑。

“呵呵，行，那你俩好好玩吧，注意身体，小心别受伤。走吧，一欧。”说完捏了捏祝坦坦的肩膀，好像在测试他是否能抗得住我的手刀，又呵呵笑了起来。

“啊？爸，我突……”

“今天不去，腿打折。”陆爸爸为这段谈话做了总结。

陆一欧走的时候样子十分可怜，我心里暗爽。

“纨绔子弟一般都有这样的爸爸，稍不满意回家就是一顿板子打，想不到这剧情现在还有呢。他到底犯什么事了，需要被他爸亲自来抓回家？”

祝坦坦伸出戴着手套的双手捂住我冻红了的小脸蛋，笑得十分好看：“那些不重要，怎么好几天都没回我信息啊，是不是手机出问题了？”

我此时才想起来，我冤枉了祝坦坦，后退一步赶紧解释起来：“嗯，对，坏了，我前几天饿了，把它吃了。”

“哈哈哈哈，今天晚上有空吗？我请你吃饭啊，上次说好的。”他摇了摇手中的车钥匙。

我想了一会儿，回答：“好啊。”

祝坦坦的记忆力很好，他带我去吃了螃蟹，还有真正的蟹黄灌汤包。

我一开始表示质疑，在农历十二月的这个时节，螃蟹和虾都瘦瘦的，没什么吃头，还是吃火锅比较靠谱，冬天不就是羊蝎子或火锅么？

祝坦坦说：“上次答应你了啊，所以九月底我找人买了一大堆，每个都有你两个拳头大。不过当时我们没见面，所以我把它们做好之后冻上了。不过我保鲜做得非常好，还是很好吃的。”

我看着眼前胖墩墩、左右摇摆的大蟹黄包，肚子咕噜噜噜地叫了起来。

“喜欢么？喜欢以后每年都做给你吃。”他看着我熟练地操起拆蟹八大件，又往我面前多放了一盘螃蟹。

我使劲点了点头，朝着祝坦坦抿嘴一笑。嘴里食物太多，不好说话。

叮叮，我收到一条信息。

“刘三叔，和祝坦坦出门之前好好思考思考，比如后果什么的。”

发件人，陆一欧。

哼哼，说时迟那时快，我拍了九张大螃蟹发朋友圈，然后把手机调成了勿扰模式。

祝坦坦一直觉得我很可爱，是因为觉得我有点傻吧。

可爱这个词一般都是用来形容或呆，或傻，或慢，或矮，或一切不灵光的样子。

“你是不是觉得我很可爱？”我咬着一个蟹钳问他。

“是啊。”他笑了笑。

“是不是因为觉得我可爱才想和我谈恋爱？”我又掰了个蟹钳。

“一部分是。”他笑得更开心了一些。

“我这个人别的不灵，自知之明这方面还是很灵的。我家老太太对我的评价一直都很中肯，‘脑子不是孙悟空的，身子却是个猴精’，所以祝表哥，”说到这里我停了一下，先把面前刚掰开的螃蟹吃完，“我其实有点害怕，可能是我心里没底，可能是因为我怕陆一欧揍我，也可能是我的情窦还没有开，反正，我怕了。”

祝坦坦抓住我边说话边吃螃蟹的空隙给我递了个纸巾：“慢点说，别噎到，我听着呢。”

“好，这应该说明了我其实配不上你，所以你还是好好考虑考虑，我总觉得你这是鬼迷心窍了，需要洗把脸醒醒。”

哈哈哈哈。

祝坦坦终于把笑声放到了最大。

“所以你是觉得我太好了，才不敢和我在一起的么？”他问我。

我思考了一下，觉得也可以这么说。

“那你看我的眼睛，”他把脑袋凑到我面前，“你能看出来我看你时的眼睛是亮的吗？”

我突然感觉脸颊有点麻麻的。

他递给我一杯热饮，然后说：“其实和你说过很多次了，你都不信。说一见钟情你不信，说喜欢你的性格你不信，说我其实没别的目的你也不信。”他抿了一下嘴唇接着说，“我觉得你其实对其他事挺勇敢的啊，像个侠客一样。”

他说得有道理，打小能让我怵的事情不多，能做就做，不能做就撤是我的处事原则，从来不纠结。现在可能是长大了吧，可以思考爱情了，所以也终于像个姑娘一样摇摆不定了。

“嗯。”脸颊还是很麻，而且螃蟹还有很多。

“说实话，你也知道，我家挺有钱的，我长得也挺不错的，对吧。”他又把脑袋伸到我面前来给我看。

“对，咳咳咳。”这只螃蟹有点咸。

“我是真挺喜欢你的，觉得和你在一起很开心。如果是别的女生，总是不回我信息，我可能很快就删掉了。但是我舍不得删掉你，很多时候不自觉地打开微信，看看你有没有给我发消息。说实话，我也不明白这是为什么。”

脸红！情话！

“我觉得你害怕，可能是不太了解我，觉得我的外表比较好，条件也不错，应该比较花心之类的，或者其实陆一欧也是这么和你说我的。”

我点了点头。

“他瞎说的，我哪有时间交女朋友。”他看着我的眼睛，真的在发光，“其实你说你需要招赘，需要的是个上门女婿，其实我可能做不到的，但是我愿意试试。当我有这个想法的时候，我就知道，我真的是有些喜欢你的。愿意为了你去尝试一些有可能做不到的事情，这应该就是喜欢。”

我该说什么？

谢谢您的赏识，您眼光不错？

我下意识低头看了一眼手机。

信息数量暴增，屏幕已经被占满，并且不时就会跳出一条新的。

我以为是陆一欧气疯了，已经不顾大少爷形象了呢，仔细一看，居然是我家老太太。

“刘三叔，接电话。”

“不接电话是皮痒痒了么？”

“马上给我回家，听见没有。”

不计其数的信息与未接电话。

我赶紧先给我家老太太回了个电话。虽然挨揍可能是免不了了，但是态度只要端正，万事都好商量。

“喂，母后，您有什么事找您儿啊？”我的语气极尽讨好。

“你是不是又和哪个男孩子出去了？上次的事情还没了结呢，居然还敢和他们出去，马上给我回家，现在！”

“好的，母后。”

挂了电话之后，我认真地看着祝坦坦对他说：“谢谢你请我吃饭，关于你对我的青睐，我回去会好好考虑的。不过这需要点时间，你也知道我不太灵光。”

就在这时候，我家老太太又给我来了个信息。

“限你半个小时。”

“我得走了，要不然以后真是后会无期了，拜拜。”祝坦坦也听见了我家老太太在电话里的雷霆之声，给我打包了剩下的螃蟹，然后拉住我朝他拜拜的手，想送我到楼下。

我一把就把手抽了回来。开玩笑，我家老爷子或者老太太要是埋伏在门口，我就怎么都解释不清了。

“拜拜，留步，我慢走，您不送。”嘴皮子还是比脚指头利落，话说完，我还没跑出去两步远。

我这一路可以说是风驰电掣了，刚到我家楼下就看见我家老太太站在单元门那里等我。一瞬间，气温好像下降了百十来摄氏度，我忍不住被吓得一哆嗦。

“妈，等我呢？”

事做错了，态度得好，这样可以从轻处置。

我家老太太连“嗯”都没“嗯”一声，给了我一记眼刀，转身就上楼了。

我赶紧追了上去：“妈，大螃蟹吃不吃，不用您动手，我给您剥，可好吃了，蟹黄可多了，那个香哟。”

“哪儿来的？”老太太停住脚步，回头狠狠盯着我。

我想了想，然后大声地回答老太太：“陆一欧送的。”

嘿嘿，她一听说是个男的，还是那个非礼我的男的送我的，估计会气不打一处来，不仅螃蟹不吃，顺带着再记恨一下陆一欧，一石二鸟，我真英明。

“你俩出去了？”老太太双眉一抬，一脸不信。

“真的啊，都是同学吧，总是找我，我也没办法拒绝。”我继续添油加醋。

老太太伸手拿过装着螃蟹的餐袋，对我说：“我自己吃，用不着你扒。”

嗯？怎么回事？

陪着我家老太太吃螃蟹的时候我才想起来这个事情不对。

“妈，你怎么想起来找我了？又看电视了？看见谁家姑娘不听话又出门鬼混了？”真有这事，她总能把电视里的小姑娘和我画上等号，为这事我都不知道挨几次骂了。

老太太摇了摇头：“今天你们班一个女同学给我打电话，说你跟着个男的走了，都走好几个小时了，问你回来没回来，我这才给你打电话的。”

女同学？

“你同学不认识小陆吗？害我瞎担心。”她又吃了一个螃蟹，我也很想吃。

听了这话，我严肃了起来：“妈，您不能这么对您小女儿，陆一欧怎么就不用担心，他才是需要您担心的好么？他多坏啊，一肚子坏水，上次您又不是没见过。”说完我还适时地配了个白眼。

“我看不用，我反而担心你欺负人家。”她说完这句话，估计自己都不信，哈哈笑了起来。

我一看，今天晚上我家老太太完全不像我亲妈，反倒像是陆一欧亲妈。我一生气，拿了剩下的俩螃蟹就跑回屋里了。

第二天回学校我问了唐缇，又问了甄甜，都不是。

我还认识别的女生吗?

我不认识她们，她们认识我，今天早上还瞪我呢，角度一丝一毫都没偏。

但谁知道我妈的电话?

陆一欧回来已经是两天后了。他两天不在，我们几个人集体饿瘦了一圈，看着陆一欧的眼睛都发绿了。

“饿！”这是我们几个看见陆一欧之后唯一的一句话。

陆少爷从跟着他一起回来的行李箱里给我们拿了一堆好吃的，我们才开始一点点复活。

水足饭饱之后，我们几个人坐在那里闲聊，又说到了神秘女同学的事情。这事现在已经成未解之谜了，我觉得上个电视节目都绰绰有余。

“我打的。”刚回来的陆一欧突然插嘴。

伍角星听到后笑了起来。

“人家说是一个姑娘。”

“我学的啊。”他说完还白了我一眼。

白我干什么啊，我因为你这电话差点挨打还没白你，你倒先白上我了。

唐缇按下想要起身冲过去再次找架打的我，然后走到陆一欧身边坐下，递给他几个牛肉干，说着：“真是辛苦你了。”

林茂增在远处看着，眼睛都红了。

马上就要放寒假了，祝坦坦给我发信息说他又出国了，年后回来再约我。我也觉得时间不多了，大家不要浪费在情情爱爱这种小事上，应该努力说相声，我刚要提议，大家就都说“好累啊，好累啊”然后四散了。

「第十四回」

相声社重游老地方
大滑梯上演言情剧

北京近日下了几场淅淅沥沥的小雪。

用“淅淅沥沥”来形容这几场小雪，可以说十分贴切，每一颗雪花都长得十分娇小，从天上往底下飘，要飘荡好一会儿，像星光一样，大部分还没等落到地上就没了。

晚上唐缇拉着我跑回宿舍的时候，就赶上了这么一场淅淅沥沥的小雪。

唐缇很开心：“呀，下雪啦，三叔，你快看。”

我抬头那么一看，雪花组成的星光一明一灭的，每一片都很悠闲，没有风，它们想怎么旋转就怎么旋转，想怎么飘舞就怎么飘舞。

陆一欧估计也是这么想的，我抬头看了雪花之后，又看到了雪花下面的他，迈着悠闲的步伐，挺着穿雪白羽绒服的上半身，心随意动，走得特别的慢。

“刘三叔……”

我听到陆一欧喊我，就拉着唐缇停了下来，用一个“嗯”回答了他。

他喊我的时候离我还有十米远，继续慢慢悠悠地踱步，直到靠近我才说出这句话：“明天咱们去泡温泉，八点出发。”

“咱俩去泡温泉？”他说什么，我听不清！！！

“呵呵（冷笑），不要占我便宜。”他转头去看唐缇，“信息收到了么，明天大家一起泡温泉，还是去年的那个地方，八点出发。”

唐缇温柔地一笑，说“好”，然后就说宿舍里的零食马上就要过期了，先上去把零食吃掉，免得浪费，就跑走了。

“零食？”零食过期是在今天晚上吗？还带几分几秒的？我那苹果都放俩星期了，还是依旧红润，还是健康天然比较保险。

“嘿！”陆一欧不好好说话，非得打我一下脑袋再说，“长得真丑。”

我忍着疼转头听他说什么其他嘱咐的话，没想到听到这么一句。

“我不丑！我跟你讲，我就是长得不太精细，但是粗粮也是粮，粗粮也能做你表嫂……”话还没说完，陆一欧又一个巴掌劈了下来，我一个左后跳躲开了。

“呲（龇牙咧嘴发出的怪声）。”他瞪了我好一会儿才接着说，“你问问唐缇有没有其他的泳衣可以借。”

“哈？”我看了看他遮住了眼睛的刘海，“你穿？”

“你穿！”他说话的时候脸上的肉哆嗦了一下，脸色红出了一种高原感。

很奇怪，下雪不冷，化雪才冷，这么精壮一个少年怎么这么经不住冻，脸都成猪肝色了。

“我穿？我有泳衣我借什么泳衣，我那件泳衣可好看了，天蓝色的！”我是那种连穿个泳衣都很费的人么？虽然鞋子换的频率很快，但是我其他的衣服还是很禁穿的。

他把手机从羽绒服口袋里拿出来，翻了半天，终于找到了什么，然后把手机屏幕对着我，给我看。

“你看看你去年穿的什么？四脚连体护颈泳衣。人丑，还穿这么丑的泳衣，我实在不好意思和你一起去。”他说完把手机又放回了口袋里。

“去年已经一起去过了，今年你不好意思什么啊？再说我又不让你穿。”我因为去年的衣服被嫌弃了？

“想让我请客就换泳衣，想坐我的车就换泳衣。”没有解释，一句都没有。

我思考了一会儿，决定答应他：“好的，这有什么难的，哈哈哈。”说完还讨好地对他笑了笑，“不过，少爷，能不能告诉我那件泳衣怎么得罪你了？”

“丑。”说完他就直愣愣地看着我。

我觉得这个时候和他纠结我的泳衣问题很不理智，并且突然周围的眼刀多了起来，我后背有些疼痛。

“我知道了，你就是特意来和我说这个的？”他好像没有要走的意思，我有点好奇。

他白了我一眼，伸出手来掸了掸我头上的毛毛雪：“路过、散步、夜跑，你管得着吗？”

我觉得他说得很有道理，于是诚恳地点头附和。有温泉可以去，其他的我都管不着。

“那个，下次你要是路过碰见我了，最好不要和我说话，省得后面那群姑娘的眼睛把我后背盯出血。泳衣这种事情你发个信息说就行了，我是没关系，脸皮儿又厚又有弹性，能跳着走，但被人听见总是让别人受不了，你说是不是？”

话音刚落，陆一欧的脸以肉眼可见的速度白了下去，又红了起来。

我的第六感及时爆发，丢下一句“我的零食也要过期了”就跑回了宿舍。

到宿舍一看，唐缇正坐在床上啃着我那个放了两个星期的苹果。

“唐缇……”我的表情很是郑重，“你知道的，我最近好辛苦，好可怜，心力交瘁。你能不能帮我一个忙，让我暂时解脱解脱？”

唐缇嘴里咬着苹果不太方便说话，抬手示意：“你说。”

于是我就把刚才发生的事情原原本本讲给了唐缇听，并且反复强调：“人不可貌相，衣服也不可貌相，我那小泳衣质量可好了，怎么可以用世俗的美丑来评判！”

唐缇笑得鲜花摇摆（不是花枝乱颤），笑了五分钟才和我说：“我只有一套泳衣啊，还是去年忘记拿回家的。”

“那怎么办？”

“你把你那件拿出来，我给你改改。”

我十分信任唐缇。

结果是，我的泳衣被剪坏了。

我俩看着被剪坏的泳衣，先是沉默不语，然后哈哈笑了起来，说着“睡吧睡吧，明天再买”。

第二天，当我们集体坐在房车里的时候，我特意坐在了陆一欧的身边。

我问：“你喜欢什么样的泳衣？”

大家回头看我。

我又说：“我的泳衣坏了，不是我穿坏的，是一不小心剪坏的。这个不重要，你现在好好想想，你喜欢什么样的，一会儿我买。”

大家还在看我。

“三叔，你现在的样子真是讨人喜欢。”伍角星说完这句话看了看陆一欧。

陆一欧听完一下子就从脸红到了脖子，然后猛地转回头看着我，和目光一起来的是陆一欧的手，他的手紧紧地捂住了我的嘴。

干什么！昨天在宿舍楼外面都能说，今天就我们几个还不能说了？

我终于挣脱出陆一欧的魔掌之后，逃到了挨着唐缇的林茂增身边：“林茂增，昨天陆一欧让你换泳衣了么？”

林茂增瞪大了眼睛看着唐缇，摇了摇头。

“你看唐缇干什么，回答我。”

林茂增说：“三苏（叔），你的智力只能去儿童次（池）。”

到了温泉度假村的时候，我们果真发现了很多卖泳衣的店铺。

唐缇兴冲冲地拉着我跑过去挑，我看见一个天蓝色带着五六圈蕾丝花边的泳衣，特别喜欢，问唐缇：“这个好不好看？天蓝色的，还有花边儿。”

“这个穿上像拖把。”陆一欧不知道什么时候走到我身后，说了这么一句。

“呸，女孩子穿什么好看你知道么？”我轻蔑地白了他一眼。

伍角星也来了，正在我们身后给甄甜挑选游泳圈，听见我这话之后说：“女孩子穿什么好看男人不一定全懂，女人穿什么男人喜欢，男人一定懂。”

我想了想觉得很有道理，刚要回头问问陆一欧我应该选个什么样的，就看见陆一欧转过身对伍角星说：“一会儿你俩的单你俩自己买吧，反正最近公司也开始盈利了。”

伍角星不说话，坏坏地笑了一笑。

唐缇走过去，拍了拍陆一欧的肩膀说：“我来吧，交给我吧，你们先出去等着。”

他们出去以后，唐缇给我挑了一个白色的比基尼，我看着只有两个巴掌布的泳衣，狠狠地摇头，这要是谁拍了照片让我家老爷子看见了，我就见不到明天的太阳了。

唐缇说：“这多好啊，白色属于亮色，看起来就比较有膨胀感。”

我还是很害怕，决定还是自己选，最后选了一套黑色泳衣，泳衣的样式非常简单大方，只有腰处有一圈黑色的蕾丝点缀，蕾丝反射着晶莹的光芒，一看里面就绣了不少金银线。

付钱，接泳衣，走人。

温泉还是上次的温泉，唐缇却不是上次的唐缇，唐缇买了我没要的那套白色泳衣，穿上之后，好像有36D，小肚子依旧平平，皮肤更加白嫩。

“唐缇，你更好看了。”我看着唐缇流口水。唐缇看着我，摇了摇头：“黑色，显瘦，也挺好。”

甄甜穿着荧光黄色的泳衣看着唐缇，目光突然变得很坚毅。

我们从更衣室出来之后，唐缇立刻收获了三声口哨，林茂增拿着浴巾颠颠地跑过来给唐缇围在身上：“还是有些凉，不要感冒了才好。”

陆一欧看着我新买的泳衣，又翻了一个白眼，丢了个“丑”字给我。我假装没看到，路过他身边的时候，还特意转了一圈，然后一个“扑通”跳进了水里。

啊！

我是一条鱼，我游来游去。

舒服。

陆一欧拿着一杯饮料坐在泳池边上，看着我们玩。

我悄悄地潜泳过去，想突然从水里冒出来吓唬他，结果头伸出来，就发现陆一欧的脸就在眼前：“想吓我？”

他不怀好意地笑了笑。

我笑了起来，笑得特别开心：“是呀。”说完这句话，就抓着陆一欧的腿往水里拉去。

“扑通——”

“哗啦——”

陆一欧在水里扑腾了好一会儿才站起来，起来之后咳嗽了好多声。

“刘三叔，咳咳咳，你过来！”

我不，我回头看了他一眼，然后马上朝着反方向游去。

刚踢了两下腿，就感觉脚被什么人抓住了，回头一看，是陆一欧。

陆一欧抓住我的腿往后一拉，我就被拽了回去，再一抬头，陆一欧已经游到了我面前。

“我错了。”

“晚了。”

陆一欧抓住我的脚不松手，开始在水里挠我脚心。

变态啊，哈哈哈哈哈，我的天呀，哈哈哈哈哈，松手，哈哈哈哈哈。

我用力一蹬，陆一欧顺势一拉，我被他甩到了另一个方向，一个没站稳，跌进了水里。陆一欧趁着我的头还没完全掉进水里，一把把我拉了出来。

当时，我俩的距离连零点零一厘米都没有，我的脖子跟着水温还能感受到他皮肤的温度，温度有点高。

我还是去找唐缇玩吧。我从他怀里挣脱出来，整理了一下他刚才被我弄湿的头发，然后扭头就走了。

我惹他干什么？

我没找到唐缇，反而碰见了伍角星和甄甜。

甄甜身上套着一个游泳圈正在奋力向前游着，她的前方是笑得一脸荡漾的伍角星。

好恩爱。

我以前一直以为伍角星是一心为事业奋斗的少年，谁能想到他是第一个谈恋爱的。

哎，真是让人嫉妒啊。

我又继续找唐缇。

找了一圈都没找到唐缇，我找到了大滑梯。

哈哈哈。

我兴冲冲地跑上去，刚上到两层楼那么高，就走不动了，我忘记了，我怕高。

“我这个时候是不是应该坐着下去？”我问我自己，“可是我实在很想玩大滑梯。”

于是我坐着往上走。

过程艰辛不细说，只说我终于爬了上去以后，居然又看见了陆一欧。

“刘三叔？”他看见我很惊讶。

我哆哆嗦嗦地坐着和他打招呼：“你也在啊。”

“你坐着干什么？”

“我——害怕——”声音中带着颤抖，我是真害怕。

他哈哈笑了起来：“原来你也会害怕的。”

我咬牙切齿地看着他，给了他一记眼刀。

“没事，你过来，我先给你示范，你不用害怕。”

我坐在那里可怜巴巴地看着他。

“等我五分钟。”我说完一点一点地朝他挪动。

他看着我的样子，哈哈又笑出声来：“你是蚕么？”说完，他两步走到我面前，拉起我，说：“没事，我在这儿呢。”

他拉着我站在大滑梯的边上，我伸头往下一看，魂立刻就飞走了。

“咱俩玩个游戏吧，”他看着我，“真心话大冒险，我们问对方问题，不敢回答就从这儿滑下去。”

“赌什么？”我哆哆嗦嗦地问。

“游戏还要赌？那就赌一会儿请客吃饭，请大家吃饭。”

“你先让我坐下！”我站不住了。

猜丁壳，我输了。

陆一欧问我：“你喜欢祝坦坦么？”

“我不知道，但是他说他喜欢我，我的好表弟。”我笑嘻嘻地看着他。

他作势要把我推下去，我吓得紧紧地抱着他。

猜丁壳，我输了。

陆一欧问我：“你要是在你家茶馆输了，会怎么样？”

我作势欲起，想了想这么高，气愤地说：“你是不是不想帮忙？我要是输了可能就得相亲了。相亲啊，我和人家说什么啊？”

“哈哈哈。”

猜丁壳，我输了。

怎么总是我输。

陆一欧问我："你喜欢我吗？三叔，我喜欢你。"

"啊？"我以为我听错了，回头要看陆一欧，刚看到他的脸，他的脸就贴了过来，嘴巴贴在了我的嘴巴上，眼睛紧紧地闭着。

我吓坏了，回过神来的时候，陆一欧已经从滑梯上滑了下去。

发生了什么？我刚才被亲了？

陆一欧说什么？

他！喜！欢！我？

我在滑梯上面坐了十分钟，实在太冷了，又不敢原路返回，一咬牙，就从滑梯上滑了下去。

滑到水里的时候，我十分害怕陆一欧在附近，憋着气游了好几米才浮出水来，四周看了看，没看见陆一欧。

我想找唐缇，唐缇你在哪里？

脸红！唐缇你快来啊，我不敢出水，出水我就熟了！

终于，我在儿童池附近看见了唐缇，唐缇看见我之后对我说："三叔，我刚才看见那边有个大滑梯，好像叫激流勇进，一会儿咱俩去玩啊。"

我的脸唰的一下红了，我能感觉得到，我的小脸蛋都烧起来了。

我使劲地摇了摇头。

林茂增这时从儿童池里钻出来："我则（这）次憋了几分宗（钟）？"

唐缇看了看我的脸色，就知道有事情发生，和林茂增说："你自己玩会儿，我和三叔先去喝点东西，一会儿再教你。”

当我和唐缇一人拿着一杯饮料坐在休息区的时候，我的脸还是很红，并且不知道该怎么开口。

“唐……唐缇，要是有人突然间亲了你，你会怎么办？”

“谁啊？”

我心里又问了一遍自己，我应该抽他的，啊啊啊啊啊。

“陆一欧……”

唐缇愣了一下，然后温柔地笑了笑：“嗯，他终于行动了啊。”

“什么？”

“陆一欧喜欢你，你不知道吗？”

“我不知道啊。”

唐缇爱怜地抚摸我的头发：“三叔，其实你真的很讨人喜欢啊，但是你自己不知道。”

“什么时候的事啊？你怎么知道？”我再次受到了惊吓。

“就我们进相声社没多久吧，那时候陆一欧对你就不一样，你不觉得吗？对谁都客客气气的，就对你，总是很凶。”

我不明白了：“凶是喜欢啊？”

“你先和我说说发生了什么？”

我支支吾吾地把事情说了一遍。

唐缇说：“那你怎么想的？”

“我不知道啊。”

“那就慢慢想吧，小傻瓜。”

唐缇没有再管儿童池里的林茂增，拉着我又上了一次大滑梯：“三叔，其实我觉得陆一欧挺好的。”

说完，唐缇抱着我，从大滑梯上再次滑了下来。

我们没玩几次，也就二十多次吧。后来我居然玩上瘾了，除了上去的时候比较哆嗦，看大滑梯的时候有点脸红，滑下来的时候还是很爽的。

吃饭还是陆一欧请的客，我特意挑了个离他最远的位置坐下，结果和他面对面。

我喝一口小米海参粥，抬头看了一眼他，他在看我；我又吃一口鹅肝，抬头看了他一眼，他又在看我。

唐缇夹了一只通红的虾米在盘子里，一边剥着虾皮一边说：“这虾真红，和三叔你的脸一样红。”

我听后大口地喝了好几口粥：“真烫，这粥真烫啊。”

晚上他们又开了一间房准备打麻将，大家都觉得这段时间辛苦了，好久没有出来玩了，今天要好好放松一下。

我实在是太累了，躺在床上听着他们打麻将的声音，慢慢地睡着了。

早上醒来的时候，一睁眼，就看见陆一欧睡在我对面。

这小子胆子也太大了，昨天没打他，居然得寸进尺，睡到我床上来了。

我再次定睛一看，发现我居然不在床上，而是在地板上，两个床上分别睡着唐缇、甄甜和伍角星、林茂增。

我掉下来了？

陆一欧这时睁开了眼睛，对我笑了笑："你怎么睡到我旁边来了？地上凉，回床上去。"

说完陆一欧转了个身，然后调整了睡姿，把整个身体蜷了起来。

我摸摸脑袋，讪讪地笑了笑说："太挤了，床太挤了。"

起床，刷牙，练贯口，不要想、不要想，今天依旧升起了新的太阳。

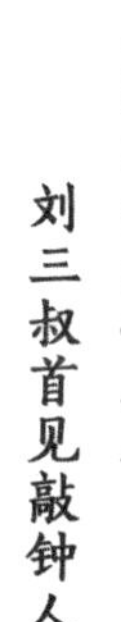

「第十五回」

小测试找出心上人 刘三叔首见敲钟人

当你不知道该怎么办的时候，你就吃饭吧。挑你最喜欢的吃，比如我，就会去吃涮火锅、小烧烤。

先夹起一片羊肉，放在火锅里涮一涮，再涮涮，吹吹，蘸料，好吃。

接着把一盘肉都放进去。

红色的羊肉瞬间变成褐色，咕嘟咕嘟在锅里起起伏伏，真好看啊。

我挥舞着筷子在锅里上上下下：“唐缇，你多吃点。”继续挥舞着手臂，“甄甜，你也吃，不要和我客气。”

唐缇和甄甜看着自己盘子里噌噌噌堆起来的羊肉，不知道该夹哪一块才好，好像夹走一块，整个堆起来的羊肉包瞬间就会坍塌了，而我还在不停地给她们夹肉。

“三叔，我自己来就好了，咱们慢慢吃，一片儿一片儿地吃。”

我听话，我点点头，我抓起一根大羊肉串慢慢地啃着。

放寒假的十天时间里，我每天都饱受着我爷爷的期盼眼神冲击波和我家老爷子的必杀眼神连环炮的摧残，我实在是经受不住，不就是考试挂科吗？我也不想的啊，最近的事情这么多，任务这么重，是我的错吗？我除了考大学运气好，以前一直都不及格，你们不是应该早都习惯了吗？

本来日子就艰难，祝坦坦还给我发信息，说什么年后从国外给我带礼物回来，一个不小心又被我家老爷子看到了，我家老爷子很是不满意。

陆一欧还给我打了个电话， 是我爷爷接的，我爷爷当天晚上就哭了，不知道是悲痛欲绝还是喜极而泣，反正我家这个白头发老头很是爱哭，年纪越大越爱哭。我是没什么办法，只能寄希望于吃。

结果我家大人们并不想就此罢手，他们觉得我招三惹四很是不安分，男孩子勾搭一个就够了，怎么可以一下子来两个，你又不是你双胞胎姐姐，还能一下子都领回家。这样很不好，伤了男孩子的心不说，自己的形象还很不好，传出去太浪荡，不像话，是不是找打？

我忙说不敢不敢，然后给祝坦坦和陆一欧一人发了一个短信，大致意思是说，你们要是想让我活到开学再见面，最近就不要联系了，我家扫帚挺粗的，擀面杖还有三根，咱们就此别过，提前祝你们新年快乐，三叔拜谢。

我心里苦，我需要女生的怀抱和温暖。

前些天约了唐缇和甄甜来个“好朋友当然要吃火锅当下午茶”的

姐妹趴，今天她们终于来了。

“多吃点，吃胖点，然后给我抱抱。”我用鼓励的目光盯着她们看，希望她们大口大口地把肉吃掉，好快快长肉。

“三叔，你也吃吧，不用管我们了。”甄甜小心翼翼地夹起了羊肉小山顶上的一片肉，接着送到了我的碗里。

我好感动，吃掉了这块肉，接着又吃了她盘子里好几块肉。

“快吃吧，我一会儿可能要大吐苦水了，你们可能就不能悠闲地吃肉了。”我又吃了一片肉，然后叹了口气。

一阵吸吸溜溜的吃饭声。

“我该怎么办啊？唐缇。”我放下了筷子，“甄甜，我一直觉得身上能发生言情剧的女主角是你！”我捶了捶桌子，“我现在觉得我脑袋上一直顶着俩字——俗套。表兄弟争女人，家仇加情恨，我要是作者我都写不出来这么狗血的剧情！”

“作者可能是台湾人。”唐缇看着我说，说完还甜美地笑了笑。

“阿郎？”甄甜试探性地问唐缇，唐缇点了点头。

我的心受到了重创。

“三叔，你有没有想过，你到底喜欢谁？是都喜欢，还是都不喜欢，还是只喜欢？”唐缇抛出了一个犀利的问题。

“我……”

祝坦坦：

1. 有点好看。

2. 表白多次。

3. 胆大乐观会表达。

4. 太热情，有点可怕。

5. 姓祝。

陆一欧：

1. 长刘海挡着眼睛，丑。

2. 亲了两次。

3. 每天只会找我吵架。

4. 为什么喜欢我啊，妈蛋。

5. 姓陆。

“三叔，你要不要听听我的想法？”说话的是平时特别腼腆的甄甜，这时她抱着一个笔记本看向我。

什么？我用表情回答了她。

“我们可以做一个试验，测试你究竟喜欢谁，是喜欢一个，还是喜欢两个，还是两个都不喜欢。”

“呃……”

“什么测试？”唐缇比我先问了出来。

“先来一个心理测试吧，三叔，你准备好了么？”甄甜手捧笔记本，一脸严肃。

我摆了摆手：“一个问题能决定我的终身大事么，甜甜，这靠不住。”

甄甜没有回我，腼腆一笑，然后拿过我的手机打了个电话。

“喂，祝坦坦么？我是甄甜……”

她想？

“对，三叔说她很讨厌你，让你不要再打电话来了，我只是转述她的意思，但是希望你可以听明白，好的，再见。”甄甜挂掉电话之后看着我的脸。

我的脸都绿了，腾的一下从椅子上站起来。

甄甜看到我站起来，吓得也跳了起来，然后飞速地跑到了唐缇身后蹲了下去。

“你起来，我不揍你。你说你一个腼腆的人怎么能做这种事情，这种事多不好？简直就是……”

我还没说完，就听甄甜对着唐缇说：“抱住三叔，千万不要让她太激动。”说完这句话，甄甜再次拿出来了手机，开始打电话：“陆一欧么？”

我一听到这三个字，鼻子都不知道怎么呼吸了，一口气全都堵在胸口里，不知道如何是好。说时迟那时快，我刚要扑过去抓甄甜，就被唐缇抱住了，唐缇用她那双漂亮的大眼睛看着我，但我却罕见地没有被迷惑，而是跳了起来，扑向甄甜。

我从来没觉得心跳这么快过，跑八千米的时候都没这么跳过，站在山顶上的时候都没有这么跳过，并且脸很热，非常热，两个脸蛋不仅热还很麻。

“我是甄甜，我……呼呼。”她在我抓到她的一瞬间跑走了，一边跑一边说，“三叔说她真的很烦你，让你不要再做这么让人反感的事情……呼呼。”

我大喊一声：“我……”这个字我喊得很大声，周围吃火锅的人都看了我一眼，更远处吃火锅的人根本没听见，因为火锅店本来就很吵闹。

“以后最好还是连朋友都不要做了，再见。不好意思，我只是负责传话的。”甄甜说完这句话之后，挂断了手机，低头走回到我身边，然后把手机还给我。

“你……”和那个“我”字一样，后面我什么都没说出来，我不是不想说，我是卡住了。

电话在湿滑的手心里很是不听话，好几次我都差点没有抓住它，让它掉到地上去。

唐缇轻轻地把甄甜拉到自己的怀里，再“狠狠地”拍了几下。

“你怎么能做这样的事情呢？你这让三叔怎么办呢？你说是——不——是——”最后三个字唐缇拖长了声音，斜眼看着我。

我感受到这份目光之后，突然从震惊中回过神来，然后跌进现实的深渊，再次不知所措。

我连一根手指头都动不了，现在要是谁和我说，你要是敢动我一根手指头，我就怎么怎么你，我会给他一个安心的眼神。

此时此刻，我连自己的手指头都动不了。

唐缇看我连涮羊肉都不知道吃了，是真的傻眼了，于是善意提醒我：“快打电话解释啊。”

对，她说得没错。

按号码，拨出。

“喂，我刘三叔，我……我其实不讨厌你，我……那不对……我对你多好，虽然你亲了我两次，但是……喂……陆叔叔好……”瞬间石化了，谁也不要救我！

陆一欧的爸爸怎么拿着陆一欧的电话？我在听见“三叔你好，我是陆一欧的爸爸”之后，整个人彻底傻了，陆爸爸后面说了很多话，我听见了每个字，但不知道是什么意思。

挂掉电话之后，我用凄凄惨惨的眼神看着唐缇，同时还回头瞪了甄甜一眼。

“绝交了，友尽了，从此以后……”我想了想，“我该怎么办啊，甜甜……”

唐缇走到我身边坐下，顺了顺我头顶的毛，细声细气地说：“你现在知道了么？”

知道什么？我欲哭无泪，我不知所措，我该知道什么？

甄甜刚开口说了一个字：“你……”我的电话就响了起来。

“刘三叔你脑子是不是有包？是不是？”陆一欧气急败坏的声音从手机里传来，“打电话不先听清楚对方是谁就说话是吗？”

“我错了，真心知道错了，还有，我不是真的讨厌你，甄甜说的那些话，不是我告诉她的。”我急急解释着。

现在陆一欧就是把我按在身下揍我都不还手，我心虚，我理亏，我交友不慎，我始料未及。

“什么话？什么甄甜？”陆一欧气急败坏地疑惑道。

我慢慢地转过头看着唐缇和甄甜，她俩正齐齐向我摇着手。

我顿时感觉我的灵魂刚刚还在火锅里煮着，现在又扑到了南方的大雪地里（北京一丁丁雪都没有下），又湿又冷。

“没事。”心凉凉，语气也凉凉。

“我爸虽然让你周六来我家，你也不用害怕，平时什么样就什么样就行，也不用不敢说话，有我在呢……”

“等等，”我打断了他，“你爸让我周六去你家？”我听出了这次电话的重点。

“你刚答应我爸的，不是吗？”他的声音有些轻飘飘的。

我仔细回忆了一下，回答“是”，然后再次表示了一番，放寒假了，好久没见，周六我们好好叙叙旧，今儿就此别过，回见了您哪。

挂了电话，我看着甄甜“呵呵”地笑了起来：“你玩儿我？小甜甜。”

甄甜吓得脸都白了，哆哆嗦嗦地说：“我……我就是给……你做个测……测试，我哪里有胆子真的打电话啊，再说，你现在不是已经知道了么？你……不要打我，我好怕。”

“我知道了什么啊我知道？”我的口气仍然恨恨的。

唐缇把我拉回到椅子上，对我说：“你那个时候最想先和谁解释，就是喜欢谁啊；如果都不解释的话，就都不喜欢，都不在乎啊。”

我回忆了一下当时的心情，却回忆不出来，除了“死定了，死定了”

就没有别的了。如果当时不是陆一欧把电话打回来，我也会再给祝坦坦打个电话的，一定会的。

“吃肉吃肉，我刚才被吓掉了好几个魂魄，我得用食物把它们吸引回来。周六的事情，周六再说，我今天的用脑限额超了。”我开始新一轮夹肉，夹得盘子像补了水的细胞，砰砰膨起来。

结账的时候，我大义凛然地掏出了我的信用卡，甄甜和唐缇的瘦弱身板是肯定抢不过我的，所以我还是结了账。临出门时，我笑嘻嘻威胁她俩：“今天什么都没有发生过，除了吃饭，什么都没有发生。再见，开学见。”

回家的路上，我的小心脏才咚咚咚地狂跳了起来。

接下来的几天，我的心也是怦怦跳个不停，心慌得厉害，对着我家老爷子喊了好几声“妈”，差一点他就把我屁股打肿了，幸亏到了星期六，要不然我屁股一定肿了。

周六凌晨三点我就醒了，惊慌地看着黑色的天空发呆，然后跑去上了个厕所，再跑回来发呆，觉得时间真是太早了，还是再睡一会儿比较好，结果我真的又睡着了。

陆一欧来我家接我的时候，我还没起，我妈把我从床上揪起来丢进洗手间的时候，我看了陆一欧一眼，穿得真像那么回事，和平时很不一样。不像我，我还穿着三年前我家老太太给我买的小男孩睡衣，深绿色格子的。

洗漱完毕后，出门看见的是不知道谁家的老太太在这儿招呼好像是自己亲儿子一样的男孩，一会儿吃水果，一会儿喝果汁，一会儿要煎两个鸡蛋，展示一下她标准圆形溏心蛋的手艺。

“咳，老太太，矜持，我知道你想要个儿子很久了，但是还是矜持一点。”我梳着我头上怎么都不听话的三根毛。

如此这般，我和陆一欧出门的时候，他手里还是多了俩又大又红的苹果，我多了两个脚印在屁股蛋上，很是公平。

“三叔……”

“今天还真是挺冷的啊，我耳朵冻住了，我要把帽子戴好。”

“三叔……”

“你们全家怎么没说去个夏威夷或者火山群岛度假旅游呢？”

“喂，三叔……”

“我早上刷牙刷多了，肚子有点不舒服，一会儿可能会频繁地上厕所，你不要找我。”

陆一欧突然站到我面前，双手扶住我的双肩说：“你躲什么？”

“我没有！我正大光明，我明镜高悬，我两袖清风，我躲什么！”

“我爸见你，你不用害怕。他虽然有点钱，但那是他的钱，你又不跟他要钱你怕什么？”他说得好像很正直的样子，激动得双颊出现了正义红。

我心想，我是不要他钱，我可能要他儿子，我能不害怕么？

给陆爸爸的第一印象，是我往陆一欧的肩膀上打了一巴掌。

给陆爸爸的第二印象，是我准备告诉陆一欧，虽然我们*（此处有哔音）了两次，但是我对你好。

还有就是……

“我爸不吃人，就是可能态度不太好，你别当真就行了。我下次请你吃火锅，你就当走个过场就行了。”

火锅？脸红！脑子不能运转了！

陆一欧一路上都在给我做思想工作，我却想着别的事情，也不知道一会儿该怎么面对陆叔叔，也不知道他要是不高兴了，我念个相声小段哄哄，他会不会笑。

我们抵达陆一欧家的时候，陆叔叔竟然亲自在门口迎接我们，我吓坏了，小腿抖了抖。

“欢迎你来，三叔。”陆叔叔对我发射着亲切可爱的笑脸，我脸抽抽地回应着。

不得不提的是，陆一欧家比我家大，但是要说特别特别的大，倒也没有。毕竟北京寸土寸金，你花同样的价钱在其他地方能买一座山，你在北京就只能买一个小土包。

这是一幢普通的三层别墅，地上两层，地下一层，装修简单，装饰看起来就很值钱。

我！很！喜！欢！

虽然不是特别特别的大，也很大了好么！超级豪华的好么！客厅比我家整套房子都大好么？

我一直都在说废话是为了掩盖我那个想要尖叫的心：啊啊啊啊啊。

陆叔叔亲自给我拿了一瓶橙汁儿，我受宠若惊，悄悄地问陆一欧：

“你家没有阿姨之类的么？”

陆一欧悄悄地回我：“回家过年啦。”

我又悄悄地说：“你家房子多少钱啊？”

陆一欧瞪了我一眼回我：“没有你家前门那套值钱！”

我继续说：“前门那套不是我的，也不能拆迁……”

咳咳。

陆一欧的爸爸十分客气，给我准备了一大桌子菜，我看着觉得一定都很好吃。

席间，陆爸爸多次说着“多吃点，不用客气”“再尝尝这个”“看你吃饭觉得这饭菜都好吃多了”。

饭后，我们一起坐在比我家还大的客厅里聊天。

“早就想认识你了，三叔，不过上次去学校的时候，你正好有事，这次虽然没有提前让一欧告诉你，不过也算有缘了。”陆叔叔说话的时候，雪花白的披肩长发一颤一颤的。

上次？

我偷袭陆一欧那次？陆叔叔是来找我的？

“叔叔，见到你，我也很高兴。”说完自己拧开了橙汁儿的瓶盖，矜持地喝了起来。

“虽然我不太懂你们小朋友之间的交往方式，也不是很想干涉。后来听说你和一欧之间的事情，就很想见见你，今天终于有机会了。”

“嗯。”我的脸烧了起来，看着陆叔叔的目光更加天真无邪，不过，这是什么意思？见见儿子的绯闻女友？

“我本来打算去年就送一欧出国留学的，不过他总是找理由推迟，最近听说是在帮你的忙，陪你说一场相声，所以我们说好了，等你的事情办完了，他就要出国了。我不想你们断了联系，虽然陆一欧出国了，你要是没事，也是可以和祝坦坦一起过来玩的。”

“嗯，谢谢叔叔，我也不想耽误了陆一欧的学习，我这边没关系的，还是他的学习要紧，您这边办好了手续，就走吧。我们不会断了联系的，都是同学嘛，您放心。”我说完之后，还给了陆叔叔一个安心的微笑。

陆叔叔走过来拍了拍我的肩：“既然已经认识了，以后还有很多机会见面。我有些事情要处理，你们随便玩，我先走了，以后你有空常来。”说完就离开了。

“三叔……”陆一欧叫我。

“嗯？”

“我爸不是这么和我说的，我不知道他要说这些。”他的声音有些低落。

“没事的，少爷，我没事，我觉得出国是好事，以后咱俩一起合伙干代购吧？”我安慰似的笑了笑。

“我还回来。”他又说。

“好好学习，回来好继承家业。”我鼓励似的拍了拍他的肩膀。

他看着我，小声地说：“我说喜欢你是真心的。”

“嗯。”

“要不要去我房间坐一会儿？”

我摇了摇头：“我出门忘记刷牙了，我刷牙的时候没用牙膏，我先回去了，要不然该长蛀牙了。”

陆一欧还想留我，被我拒绝了。

从我家到陆一欧家开车一个小时，走路估计四个小时，我决定走路回去，我忘记带钱包了。

北京的冬天真冷啊，虽然一片雪花都没有落，不过真的好冷呀。

我一路小跑着，想增加点身体的热量。

丁零零。

我的手机响了起来，屏幕上“陆一欧”三个大字亮堂堂的，我拒接了。

丁零零。

我的手机又响了起来，屏幕上“祝坦坦”三个大字很晃眼，我也拒接了。

哼，什么叫“可以和祝坦坦一起来玩”，我偏不和他玩！

丁零零。

我的手机又响了起来，屏幕上的“祝坦坦”三个大字再次亮了起来。

“喂？”

“三叔，你明天有时间吗？”祝坦坦的声音很温暖。

“你上次来学校找我的时候和陆叔叔说了什么？”我突然问他。

“什么？”

“你上次为什么来找我？”我又问他。

“三叔你是不是不高兴了？”

“你是不是知道陆一欧很快要出国了？”我抛出了第三问。

……

“我明天有时间，我们明天下午见吧，你来我家茶馆吧，我请你听相声，再见。”

我挂了电话。

天真冷啊，也不知道能不能滴水成冰，我还要跑两个小时左右，天真冷啊。

「第十六回」

祝坦坦探病刘三叔　甄小甜勇敢恋爱路

春节前夕的北京越来越大，好像每个人都从北京站、北京南站、北京西站等火车站或者汽车站或者其他交通工具把北京从自己的手里放走，然后挤进一个个小小的车厢，去填充自己的故乡。

路上的行人越来越少了，地铁站里也越来越空，医院挂号该排队的还是要排队，毕竟谁也不想（春节）生病，谁也不愿意医院生意兴隆。

马上就要过年了，这里祝您身体健康、万事如意、财源广进、万事亨通，刘三叔在这里给您拜年了。

阿嚏。

前几日一时冲动从陆一欧家走路回家，寒风吹得我单薄的小身板抵挡不住，当天晚上就高烧到 39℃。我爷爷心疼得很，吃了一颗速效救心丸后，泪眼汪汪地催促着我爸赶紧带我去医院。

医生哥哥给我检查了一通之后，开了药后让我们去楼上打针，我晕乎乎地睁不开眼，也不知道是病的，还是太晚了困的。

“医生，我没事吧？”

“没事，先输液三天看看，回家之后好好休息。”

于是，第二天我把约了祝坦坦这个事情忘在了脑后，晚上他在我家小茶馆把所有的节目都看完之后给我打了个电话。

“喂，三叔，今天怎么没来？”祝表哥的语气非常温柔，好像等我、我没来对他来说都是小事，不会放在心上。

“祝表哥，我生病了，发烧了，看什么东西都重影，实在是站不起来了，真是对不起，放你鸽子了，下次给你赔罪。”我的声音飘忽不定的，也不知道他能不能把每个字都抓住，然后连成一个句子，再听懂。

“……你在家吗？告诉我地址，我去看看你。”他停顿了一下才说，虽然是询问句，但是口气一点儿询问的意思都没有。

“不……不太方便吧，咳咳咳。”这多不好啊，我这儿正捂汗呢。

“三儿啊，好好休息，别打电话。”我爷爷不知道什么时候进屋了，一把抢过我的电话，然后对着电话那边说，“我们三儿病了，等她好了你们再聊啊……祝坦坦？爷爷当然记得……好啊好啊……好啊好啊，我们住在……等你来啊。”

我吓出了一身冷汗，病情好像更严重了，眼皮硬得睁不开，于是顺从身体的需求，睡了过去。

醒来以后发现祝坦坦已经到了，他和爷爷坐在我客厅的椅子上不知道说着什么，每说几句就回头看我一眼，见我醒了，还对我笑了笑，手里拿着个杯子走了进来。

“来，喝点热水吧，生病了应该多补水。” 他把一个水杯递到我面前，像哄小孩一样地说着。

“这么晚了你还来，真是麻烦你了。”说着，伸出一只手把递给我的水杯接住了。

我在家里到底是怎么一种存在。我家茶楼节目结束都晚上十一点了，十一点了还让人家男孩子来家里看望自己生病的小女儿，这是多么粗的心啊，三人环抱的粗吧?

祝坦坦听到我的话，挑了挑眉毛，接着走到窗户旁边，一把把窗帘拉开了，太阳光一下子挤满了我的房间，我傻眼了。

“是挺晚的了，都十二点了，你居然还没起床。”说完回头笑着看了我一眼。

我跟着傻笑，呵呵，原来他说的是第二天来啊，原来我一觉睡到了第二天。

不对，我不能对他笑，我还有事要问他呢。

“你先出去等我吧，我一会儿就出去了。”我没看他，尽量把自己的声音放低，假装成阳光好晃眼的样子。

陆一欧要出国了，也不知道什么时候能回来，祝坦坦从一开始就知道，所以他才追的我，所以无论陆一欧怎么做他都不生气，所以……

哎，刘三叔，人家不说也许是有原因的啊，你怎么能因为人家知道不说就怪罪人家，就要兴师问罪呢，要是这样的话，你最先应该咬死的是陆一欧。

起床，我照了照镜子，发现不听话的头发多了好几根，现在和日本悟空一样，头发朝着四面八方飞舞，阿嚏。

打开门之后，我对祝坦坦说的第一句话是："你觉得我今天的形象怎么样？你觉得美吗？"我冲他笑笑。

祝坦坦看着我半天，然后扑哧一声笑了出来："三叔，你先去洗脸吧。"

我疑惑地看了看他，果然还是不喜欢我睡醒的样子？果然还是更喜欢美貌？

我到了洗手池前的镜子那儿一看，发现有一道清晰的口水印粘在脸上。刚才我怎么没看见？刚才我光顾着看头发了。

我赶紧洗个澡，再换套衣服。

"三儿啊，病没好，别洗澡。"爷爷隔着洗手间的门对我说。

"可是我都臭了，爷爷。"我一边把洗发露蹭头上一边喊着。

洗完澡出来的时候，发现爷爷正拿着我小时候的照片给祝坦坦看，家里除了奶奶在阳台那晒晒太阳看看花，其他人都不知道跑哪儿去了。

"爷，我爸我妈呢？"

"不知道，坦克来了以后，他俩就出去了。"

"哦。"估计我妈不能表现出来不欢迎人家更欢迎陆一欧，所以借口出去了。

一想起陆一欧，我突然心里一阵乱糟糟。

刚要开口说话，祝坦坦笑着先开口了：“三叔，你小时候长得真是太有意思了，哈哈哈。”祝坦坦指着一张我小时候在北海公园拍的傻照笑着说。

“祝表哥，下午你陪我去打针吧。爷，你下午在家好好休息，昨天都没睡好，今天下午好好睡一觉。”爷爷眼睛眏了眏，然后痛快地回了一声好。

“吃了饭再出去吧。”祝坦坦像变戏法一样从身后拿出来好几个食盒。

小笼包、豆腐脑、糖油饼儿、豆泡汤。

恭敬不如从命，我马上招呼了爷爷奶奶一起吃，爷爷奶奶说刚吃完了，比这丰盛，我是病号，所以吃得清淡些，好好吃，别噎着。

喝到豆泡汤的时候，我更不知道该怎么开口了，怎么都怪不到人家身上吧。真挺好吃的，真和他没什么关系，可能他只是眼神不好。

去医院的一路上我都没怎么说话，前些天那是在气头上，今天已经是今天了。

“三叔，你是不是有话要和我说啊？”他突然问我。

“没有了。”我摇着头真诚地看着他。

“我知道陆一欧要出国，并且我知道他是为了你才拖延时间。”他路过一个烤地瓜的地方给我买了个烤地瓜，“拿着，暖暖手。”他又接着说，“可我并不是因为他要走才决定喜欢你的啊，我也不知道是为什么，我要是能说出来原因，估计也能不喜欢你了，这样陆一欧也不会不高兴是不是？”他对着我笑了笑。

我不知道说什么，虽然吃饱了，但是我还是吃了一口烤地瓜。

“其实陆一欧挺有意思的，小时候每次我都比他考得好了那么一点点，所以他总是被骂。每次我们在一起的时候，喜欢玩的东西都一样，但是他永远都比我慢一步。就算每次都抢不到，他还是慢慢地走过来，慢慢地拿起来，好几次我都是故意等他快到了才拿起来的，每次他都气得不行，哈哈哈。”说着说着，他又笑了出来。

他停下脚步，帮我整理了一下耳边的头发，怕我吃到嘴里去，接着说：“其实上次舅舅来学校就是知道你俩不小心那个事情了，因为陆一欧的很多女同学都知道了，回家和家里一说，舅舅就知道了。本来舅舅是想把陆一欧带回家再也不让他来了的，我想着万一你遇上了，舅舅再生气可怎么办，索性也就那天去找你了。”祝坦坦的口气十分平淡，“后来我赶到的时候，正好看着陆一欧在那儿捂着你的嘴巴，估计是发生了点什么，于是我就跟舅舅说了‘我来找三叔聊聊，看看能不能代替陆一欧帮她说相声，您放心吧’，就这句话而已。”祝坦坦耸了耸肩。

我们一边说着话一边去医院，不知不觉间就走到了医院门口，我的地瓜却没有吃几口。

“但是也不知道陆一欧做了什么，舅舅突然同意他帮你说相声了。”他在前面走，我在后面跟着。

“谢谢你。”我不知道该说什么，下意识只吐出了这三个字。

祝坦坦突然停下脚步：“三叔，我不是有意要和他争什么，我只是表达我的想法，我觉得喜欢我就追了，你明白吗？”他问我。

我想了想，虽然不是很明白，但还是点了点头：“谢谢你，我想问的、没问的，你都回答我了，谢谢你，我自己去打针就好了，你先回去吧。”我怕他拒绝，先把右手举了起来比画着拜拜，“这次是我不懂事了，本来就挺麻烦你的，就算你说你喜欢我，我也不能仗着这个对你指东指西的，想想还真是挺害臊的。但是祝表哥，谢谢你喜欢我。”

输液扎针的时候，是一个看起来年纪很小的护士来给我扎的针，第一次没找到血管，第二次还是没扎对，第三次才扎对了。

哎哟，哎哟。前两下我都没哭，第三下真的是太疼了，心都跟着哆嗦了一下，所以哇的一声哭了出来。

护士小姑娘吓坏了，为了安慰我，把自己带来留着吃的大白兔都给我了，我一边哭一边说“谢谢”。

“三儿啊，祝坦坦怎么走了呢？”爷爷突然冒了出来，吓得我哭得更大声了。

我一下子扑到爷爷怀里，“爷爷——”拖了个长音。

爷爷一路跟踪我俩到医院，本以为能看到点什么，或者在祝坦坦被我欺负的危急时刻及时出现救援一下，没想到刚到门口，祝坦坦就走了。老头很是不理解，忙追上去问为什么，祝坦坦很客气地和爷爷说了好几句“没事”，然后就潇洒地离开了。

“爷爷，人家的手手好痛痛啊，哭唧唧。”我也不知道怎么就这么委屈，心里委屈得像是有一杯绿柠檬汁洒了进去。

本来我不软弱的，本来我还能撑住，但是看见爷爷就撑不住了。

本来我撑不住了好好痛哭一场也算是释放，可是我毕竟坚强了这么多年啊，可是我毕竟男子汉了那么多年啊，我不会撒娇啊！

但是我好学，我想起了看过的电视剧。

“爷（野）爷——爷（野）爷——”后来不知怎么的，我越哭越委屈，什么也说不出来了。

“三儿啊，不用觉得难过，有人喜欢你是好事，你不喜欢人家也是好事，不用觉得内疚。”爷爷好像看穿了我的心事。我不知道怎么回答，就把脸埋得更深了些。

“这说明我们家三儿很招人喜欢的，招赘的事一点也不用发愁了，哈哈哈。”前一句我觉得还很是窝心，后一句我听了简直是要吐血。

爷爷把我扶起来，让我坐好：“三儿，勇敢一点，日子是给自己过的。”

我扒开大白兔的糖纸，一口吃了下去，然后用力地点了点头。

病好后我一个人玩了好些日子，谁也没给谁打电话。年后我挨个儿拜年的时候，突然在手机里看到伍角星和甄甜的合影，好像还是在甄甜家里拍的，我十分惊讶，点了个赞，表示祝福。

大年初三，我约了甄甜和唐缇再次吃火锅，这次我们没有去火锅店，而是去了前门——我爷爷的房子、伍角星的公司。

“小甜甜，你带着伍社长回家了？胆子够大啊！”我说着说着还吹起了口哨。

我以为甄甜会害羞得脸烧起来，没想到甄甜勇敢地直视我，再勇敢地点了一下头，突然嘴巴张开，甜甜地笑了起来："是呀，我也见过他的家长了。"

唐缇惊讶得筷子里的菜都掉在了桌子上，大声说："甄甜，你怎么办到的？"唐缇惊讶的时候眼睛超大的，好看。

甄甜又勇敢到让我们惊讶："他给我全心全意的爱，我就有了勇气。"

我能明显感觉到甄甜的眼睛里有光，比长安街的街灯还要亮。

突然被闪了眼睛，我不知道该说什么好，说了几句"恭喜恭喜"之后，就夹起一片肉来。

甄甜和唐缇在我对面说着她和伍角星如何去见家长的，先去的伍角星家，然后才去的甄甜家，没想到两家都很满意。

细节一堆，令人感动和好笑的地方也有很多，唐缇听得津津有味，觉得这比碗里的蘸料还要有味，没蘸调料的羊肉吃了好几片儿都没觉得有什么不对。

聊着聊着，甄甜突然回过头来看我："三叔？"

"嗯？"我自己没听到，事后听唐缇说，我的声音都是颤抖的。

"我给你讲个故事吧，关于我和伍角星是如何在一起的。"

甄甜和第一任只牵过手没亲过嘴的男朋友分手之后，一直对对方说过的那句"你怕就不要谈恋爱啊"困扰着。

甄甜真的是比较害怕，对和其他人亲密接触这件事都怕得不行，失恋之后注意到了我，她发现我每天都豪气万丈的，男生朋友、女生朋友一大堆，有时候还勾肩搭背地好不得意，笑容依旧到耳垂，于是决定向我学习一下，就认识了我，于是更加害怕了。

那次我们在草莓音乐节偶遇是甄甜偷偷哭过好几次之后决定要放开自己做的一个决定，没想到遇到了我们，没想到还发生了那件事情（请看第六回）。甄甜更加难过了，觉得有些事情不是自己可以做到的，刘三叔可以当场就和对方争执（我的形象十分光辉）起来，甚至拳脚相加（我可没吃亏），甄甜一辈子也做不到。

更没想到的是，当天晚上，伍角星就发信息和甄甜说："你今天穿得真好看，甄甜，你在我眼里特别好看，我喜欢你，甄甜，做我女朋友好不好？"

甄甜没敢回信息，结果从第二天开始，伍角星总是在各个地方等着甄甜，看到甄甜了也不催促，只是对她笑笑，然后看着她走过去。

几天之后，甄甜觉得浑身都不舒服，于是就约伍角星见面。

甄甜说："我不会谈恋爱。"

伍角星回答："谈恋爱不需要会。"

甄甜说："我不知道我是不是喜欢你。"

伍角星回答："这还不简单。"说着就大步走到甄甜面前，离她不到十厘米，"心跳得快么？"

甄甜磕磕巴巴地说："可……可能是紧张。"

伍角星马上转身往外走："那我再也不出现了，好吗？"说完看着甄甜，十分钟后他离开了那个地方。

甄甜没有喊他，他就走远了。

一个星期之后，伍角星又出现了。甄甜发现心跳得更快了，看见他之后，觉得很怕，很怕再也见不到了。

预感是哪里来的不知道，但想到了就走了过去，她站在伍角星面前，就那么定定地看着他。

伍角星问：“现在知道了么？”

甄甜却突然哭了出来：“可是我什么也不会，什么也不敢。”

伍角星笑了，低头捂着嘴笑了起来，然后说：“没关系，你只需要去做就好了，不要管后果。”

伍角星向甄甜走了过去，这次不到五厘米了，问：“我可以吻你么？”

甄甜瞪着眼睛，傻傻地下意识地点了点头，伍角星就低头吻了下去。

吻过之后，伍角星又对甄甜说：“看，其实不可怕，其实你所有担心的、所有害怕的都是自己在乎的，不是么？”

甄甜说完这段之后，唐缇都快被感动哭了，我马上就要被甜炸了。

“伍社长也太厉害了！”我由衷地佩服起来，脸皮可以啊，勇气可嘉啊，我一边被甜着一边鼓起了掌。

甄甜说完了之后，正色看着我：“三叔，我上次帮你做测验，这次给你讲这个故事，都是想告诉你，你去做就好了，不做永远会担心，不做一定会后悔的。”

我看着她没有说话。

“三叔，我以前觉得你每天都豪情万丈的，最近实在不像样子，不过终于像个姑娘了。你现在真的不知道你喜欢谁吗？”

我被教育了。

大年初三，吃个火锅，被个腼腆的小姑娘教育了。

我何其羞愧，想了想我最近的表现，恨不得把脑袋扎土里。

我最近可能不是我，请大家原谅。

给您唱个小曲赔罪吧。

“今日痛饮庆功酒，壮志未酬誓不休。来日方长显身手，甘洒热血写春秋——”

开了学，我就要去表白，敬请期待！

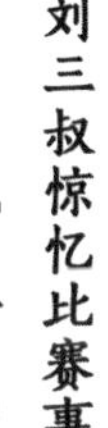

「第十七回」刘三叔惊忆比赛事 找帮手只剩林茂增

开学之前的一个星期，我家老爷子找我深刻地谈了一次话。

刘老爷子：“三儿——？”一个长停顿，看着我不说话。

我疑惑地看着他，想了想，然后给他沏了杯茶。

刘老爷子挑了挑眉：“这是真忘了还是在这儿跟我装傻呢？”

我快速回忆了一遍最近发生的事情，压岁钱上交了啊！

刘老爷子继续说：“踢馆这事儿还记得不，准备得怎么样了啊？”

哟，说起这事我就脑袋疼，准个球啊准备，我就没准备。

林茂增至今就念对了一次“三叔”，其他都是“苏”“苏”的，根本进行不下去。

唐缇倒是仗义得很，不过一个人仗义不行啊，伍角星年后接了好几个大单，更别提要出国的陆一欧。

还剩几天了？我掰手指头数数。

开学之后的第二个星期日……

想到这里，我立刻摆出一个轻松的样子：“哼，我还没着急，您倒先着急了，不就是踢馆么？早准备好了，到日子您就坐踏实了边喝茶边等着就得了，我保证赢得您心服口服。”我抬起左手甩了甩，“我要出去一趟，用不用给您带点什么回来？”

提溜好大衣，还没等我家老爷子回我，我就出门了。

好家伙（huó），差点把这事儿忘了，这要是真错过了，不就成一笑话了么？估计我们全家能把它当成祖传笑话供起来。

赶紧打电话给他们。

“救命！紧急集合！为朋友是不是应该两肋插刀！我刘三叔特别爱你！最近辛苦一点，完事了咱们吃肉！”

我打了一圈电话，只有林茂增接了。

“三苏（叔），你来一蛤（下）行么？我在伍色（社）长的公司则（这）儿，你来一蛤（下），偷偷地来，不要告诉任何楞（人）。”话筒中林茂增的声音十分微弱，好像躲着谁一样。

我也下意识地开始用气音说话：“你在那儿偷什么呢？翻墙进去的吧？没人看见吧？腿折了么？”

林茂增“咳咳”了两声：“三苏（叔），我紫（只）四（是）感冒，”又“咳咳”两声，“你还四（是）不四（是）兄弟！”

“等我！”丢两个字，挂断电话，我提溜着滑板去坐公交车了。

到的时候我发现，满院子的纸板呀，大的比我都宽、比我都高但比我薄，小的也有半个我那么高，院子本就不大，现在被铺得满满当当，我每次下脚，都能吓得林茂增一哆嗦。

“轻点，不要踩！不要踢飞了啊我刚摆好的。”人一激动起来，舌头都利索了。

我拿起一个纸板问：“这什么？要干什么？科技大赛吗？伍社长的公司黄了？这要变废品收购站了？”

林茂增从一堆纸板中站了起来，脸红红的，看起来是不正常的病态红晕，声音有着一丝绵软，眼神中透露出无数道光，并且不太聚焦的样子：“三苏（叔），开学以后我要向唐缇表白！”

嗯?

啊!

“小林啊，我前几天也感冒了，我前几天也不太正常来着，咱要不先去打针吧？”我提出了十分中肯的意见。

林茂增脸色顿时绿了又红：“你还四（是）不四（是）兄弟！”

丫的!

林茂增这次的表白是个技术活，一开始我本着“你要表白就表白吧，虽然我知道一定会失败，但是唐缇永远都是我刘三叔的”的心态帮着林茂增做表白准备，想着买点花儿，吹点气球，摆个蜡烛，学个舞蹈，做个蛋糕等等什么的，结果并不是。

林茂增的专业是电气工程，性格极其变态且有强迫症，这么长时间没有和大家再说这个事情，不代表这个事情不再发生了。

他哪次吃饭不擦筷子？哪次不觉得筷子快掉色了？哪次锁门不得

半个小时？哪次我满地乱丢垃圾看着林茂增收拾的时候不哈哈大笑？

他这次表白的工具就和专业有关，他要做一个求爱电路板，并且把这个电路板做成一个超大多层折叠大卡片（就是大的立体书），多层的意思根据我看过的图纸理解一下，我估计做好了比我还高！

求爱电路板，可真是够复杂的，买一束花不好么？

“线呢？电线？”我问。

林茂增不多见地扬起了下巴，傲娇地看着我：“我可不用辣（那）东西！”

说完，林茂增从兜里掏出来一支笔，然后开始在一个小纸板上画了一条条银色的线，好像是初中物理课学过的交流电路线图，然后拿出几个圆形的金属片放在连接处，又拿出一个小灯泡放在某一个银色圆点上，下一刻，小灯泡就亮了起来。

“哇。”我感慨着，“给我一支笔，我也玩玩……”

我俩一直做手工做到晚上，累得我肩膀都要碎了。

“你为什么不多找几个人啊？他们呢？”我哀号。

“……都没接电话。”他停顿了一会儿才说。

要回家的时候我突然想起来另一件事情，我的踢馆比赛！

差点误了大事，表白失败了可以再表，踢馆失败了我可就直接嫁人了。

我抓住由于感冒和劳累一边打晃一边和我告别的林茂增：“别走！今天还没有结束！”

林茂增差一点就哭出来了：“十一点多了，再晚我害怕。三苏（叔），我好累，放我走吧，锁门又锁了半个小思（时），放我走吧。”

真是可怜。

“那明儿见。”

第二天我接着给他们打电话，还是除了林茂增都没接。这都干吗去了，这都快开学了，有没有点自觉？

“茂茂？今天我们不要粘纸壳了好么？今天我们该说相声了！”由于只有林茂增接了电话，我又到了前门找奋斗在手工一线的林茂增。

林茂增趴在地上，两个眼睛死死地盯着眼前的纸板连接处对我说：“则（这）可四（是）我的宗（终）森（身）大四（事）。”

我一脚踢翻他的纸板：“那我呢，那我怎么办啊？陆一欧要出国了，这小子是指不上了，你们还撂挑子，那我相亲这事不就铁板烤肉了？”

他号叫一声跳了起来，抱着两个纸板眼泪汪汪地检查有没有被我踢坏。

“你就缩缩（说说），凭我则（这）个涩（舌）头，楞（能）班（帮）到你么？”他检查了纸板十几次之后才抬头对我说，“再缩（说），陆一欧要粗（出）国，也四（是）会回来的，你司（失）败了更好。”他一脸严肃，“你和唐缇不一样，你很安全，唐缇眨眨眼就消思（失）了。”

我想了好一会儿才想明白他什么意思，一个飞脚又踢倒两个纸板。

“你还是不是兄弟，居然这么看不起我，我现在就去找唐缇，把你的机会狠狠地踩死，把唐缇现在就推进别人的怀里！”

说最后一句的时候我已经跑出了门口，为了防止林茂增追上来，我反手就把门锁上了，反正屋里有饭，我晚上再来接他。

做手工太累了，累眼睛、累胳膊，全身都累，让他自己玩吧。

本来只是说说的，结果我发现没地方可以去，而且真的好几天没有见到唐缇，我决定去文身店找她，问问她这几天都干吗去了，电话也不接，救命信息也不回。

走个百八十米，坐上地铁，换乘，坐地铁，半个多小时以后我终于站在了那家文身店前面。

文身店脏辫大哥此时正在门口低着头一边看手机一边抽烟，看起来好像胖了。

“嘿，师父？”我跳过去拍了他一下。

他抬头看了我一眼，乐了：“怎么了，悟净？”

“你接的这句好土，师父。”我一脸嫌弃。

“你以为你叫师父不土，就很新鲜？”他也一脸嫌弃。

那还不是因为唐缇叫师父，我和唐缇平辈儿啊？

心里暗暗地说了句：唐缇我要占你便宜了。

“大哥！干吗呢！”再次出击。

“抽烟。”冷漠脸。

“大哥，唐缇在吗？我借一会儿还你行么？”我讨好地笑道。

“不在。”冷漠脸。

“大哥，唐缇去哪儿了？”我不生气！

“问我？”冷漠脸。

“我欠你钱啊？我得罪你了？我还叫大哥了呢。你再这样，小心你小三爷咬你！”我没忍住，气得蹦了起来。

“得罪了。”他点了点头。

哟？这话儿新鲜，怎么回事？我好事的性格让我忘记我刚才还处于马上跳脚阶段，立刻进入关怀状态：“什么时候的事儿？你和我说说，没什么大不了的话，咱们当场解决，你看怎么样？”

他把只剩下烟屁股的烟往地上一丢，开始说：“你是不是不喜欢祝坦坦？”

我愣住了。

“你要是不喜欢他，你早说啊，我兄弟人不错，喊一嗓子也是有万八千的女人来排队的，你不喜欢就不喜欢呗，你挫他干什么啊？”

我的后脊梁开始微微冒汗：“我……我没有！”

“没有？没有来我这儿找我喝了好几次酒？最烦你们这种磨磨叽叽的女的，喜欢不喜欢也不说清楚，就吊着人家，怎么的？很自豪？”他真的是一脸的不屑一顾外加嫌弃，我抬头看这张脸的时候，差点气得背过气去。

“我没有！我一开始根本就不相信他喜欢我来着。挺帅挺有钱一个小伙，看上我什么了啊，只见了一面，了解我什么啊？后来他说真喜欢，我认真考虑来着，还没等考虑出一丝丝头绪呢，这不，他表弟，也就是我同学，也跟我表白来了，你说我怎么办？”我想起这事其实还挺长的，一直没人问过我，我也一直没想起来倾诉，赶上了，巧了，找个地方好好聊聊，“这事有点长，咱俩进屋说吧，你这儿有咖啡吗？”

虽然脏辫大哥一脸嫌弃，但我还是坐在了他店里的沙发上喝着一杯他从旁边咖啡店买来的拿铁。

我的诉苦时间一个小时，不知不觉过去了。

“你是傻子吧？”脏辫大哥听我絮叨完之后就给了我这么一句话。

我握拳，瞪了他一眼。

“你以前是不是没被人喜欢过？”他问。

我猛点头。

“不知道怎么办好了吧？晕菜了吧？找不着北了吧？”

我眼泪汪汪地点头。

“他怎么会喜欢一个傻子？”他喝了一口可乐，叹了一口气。

我……

“三子，我叫你三子了，你名字忒占便宜的。鉴于你是第一次，情有可原，我也就不说你什么了。不过你要是不喜欢祝坦坦，就好好和人家说，别想着你那个什么陆哟走了以后还能有个安慰什么的。感情这事不兴拖拉，不喜欢就是不喜欢，喜欢就是喜欢，谁也别占用谁的宝贵时间，这才是爷们，不，这才是应该做的。”他拍了拍我的肩膀，又指了指我娇嫩的小脸蛋，“来都来了，我这儿今天也没客人，用不用我送你个礼物，免费文身一次，图案你自己选？”

“谢谢您，甭了，我文一个能被我家老爷子揍一辈子。”我十分客气地拒绝了，“先不说祝坦坦，你最近看见唐缇了么？我怎么找不到人呢？”

“看见了啊，刚走。”

嗯？唐缇没有危险，不接我电话估计是电话坏了。

“谢谢啦，大哥，那我先走了。”

出门之后，我觉得大哥说得很有道理，应该和祝坦坦好好地说清楚。

我不想当欺骗感情的刘三叔，想当真情实意的刘三叔。

不过今日天色已晚，林茂增还被我锁在伍角星的公司里，还是等我踢馆之后，再定日子吧。

我回到伍角星的公司后发现，林茂增根本就没动过位置。

“做多少了？”我问道。

“重新开始。”

没救了，自己玩去吧。

唉，还剩不到一个月了，这帮人到关键时刻谁也靠不住。本来以为就算谁掉链子，唐缇也会在，不能说群口，她给我当捧哏也行啊，没想到最后还是单口相声。

不服气。

于是在接下来的假期里，我陪着林茂增做手工，林茂增陪着我说相声，真是完美。

时间一天一天过，终于开学了。

开学之后，林茂增如期而至，我也终于看见了唐缇，不过没有看见陆一欧、伍角星和甄甜。陆一欧估计在准备出国的事情了，伍社长估计是去采购什么新商品，那甄甜呢？一起去了？我们还是学生好不好，学生的本职工作不就是学习吗（我家老太太常常这么教育我）？唉，现在的人啊，谈恋爱都晕头了。

我看见唐缇之后，第一反应就是抓住她，问："为什么不接我电话？"回答果然不出我的意料，电话坏了。在听我说完马上就要比赛了之后，唐缇十分紧张，马上掏出一张面巾纸来练习绕口令，并且用坚毅的眼神看着我说：

"就咱们三个也没事，我一定好好加油，三叔你不要怕。"

感动，哭了，哭出了一条护城河。

为了防止意外发生，我找了一个单口相声，一个对口相声，一个群口相声，每天排练人员：我们仨。

可能是我准备得有点多，每次我们都能记混，明明说的是单口，中间居然是群口，最后以对口收的尾，我很胃痛。晚上又不能排练，唐缇去学文身，我和林茂增去做手工，所以进度十分慢。

排练的时候，好几次我都感觉这样下去也不错，虽然陆一欧要出国了，虽然我不喜欢祝坦坦，但是要是赢了我还是可以主宰自己的人生的；就算输了，我也会有人陪着，也许相亲对象不错。

不过，过不了多久，又会没来由地心情低落。

日子一天天过去，又到了一个周末，我正在家设计踢馆比赛服，突然接到了一个电话，我以为发生了什么不得了的大事，没想到是林茂增。

"三苏（叔），我尊（准）备好了，明天要表白，你明天晚桑（上）

班（帮）我约唐缇好不好，让她不要去学文森（身）。”

“拒绝你。”

“求求你！”林茂增一点都没有惊讶，反应极其迅速地和我对话。

“那你必须帮我说相声，必须，不能反悔，反悔这辈子都追不上唐缇！”

“你太狠了！”虽然他觉得我就是趁机威胁，但没办法呀，还是得答应。

我很欣慰，说了句：“乖”。

第二天，从到学校开始，我就一直围着唐缇。

嗯，虽然今天穿得不算很惊艳吧，但是我唐缇穿什么都好看。

啊，吹弹可破的皮肤啊，长长睫毛啊，嫩嫩的小嘴啊，我要是个男的多好啊，结婚就结婚，娶唐缇就好啦！

中午的时候，我对唐缇说：“唐缇，今天我家里给我介绍了一个备选女婿，要是我踢馆失败了，就和他相亲，我把他约在了伍角星的公司那儿，你先陪我见见呗？

唐缇摇了摇头：“师父说今天要来个很重要的客人，要文的也很复杂，让我好好学习。”她一脸发愁，“要不你今天先别见了，改天？”

我不死心：“今天非去不可？”

唐缇犹豫了一下，然后点了点头。

我只好给林茂增打电话，说改天，今天约不出来了。

三天后，我又约了唐缇，唐缇又摇头，说脏辫大哥今天不在店里，让她好好看店。

第三次，唐缇还是摇头，这次我没有问原因，直接给脏辫大哥打了个电话："怎么回事啊，借你徒弟一天就这么难啊，你就不能敞亮点？做人不要太小气，何况还是个男人！"

脏辫大哥嘿嘿一笑："怎么的，借我徒弟？是要拐跑我徒弟吧，别以为我不知道，有个姓林的男孩要表白。我已经发话了，今年都别想请假！"

"是你徒弟又不是你女儿，你管得着么？你这人不谈恋爱，还不让人家谈恋爱了？"

"那你和祝坦坦谈恋爱了么？表白没什么用，别费劲了。"他语气中带着不屑。

"那……能……一样么？我比较抢手，我有俩人追呢，我当然不能随便伤人心了！"

"就你俩，我们也俩！"大哥声音变大。

"嗯？什么意思？"

"我要追唐缇，你让姓林那小子放弃吧。"

"卧槽，你没提前说啊，上次你也没告诉我啊，你怎么知道林茂增要追唐缇啊，你怎么喜欢唐缇啊？"惊天大秘密啊，我虽然声音不大，但是破音好几次。

"好看啊，性格多好，我为什么不能喜欢啊？"脏辫大哥一副理所当然地腔调。

说得有道理。

“你表白了么？”我急急地问。

“还没呢，不着急，没事就挂了吧。”

我回头看了一眼不知道什么时候来的林茂增，“哎”了一声。

“听见了？”我问。

他摇了摇头，不过眼神黯淡。

走吧，喝酒去，走吧，爱情路途坎坷，也不是一天两天，书上写了，电视里也演了，咱们不要气馁，再找好的。

林茂增平时不怎么喝酒，被我拉到小店里之后，破天荒地主动点了两瓶啤酒。

“爱情啊。”我抿了一小口。

林茂增没有说话，也没有喝酒。

“非得晚上表白么？咱白天也行啊！”我给他出主意，“不一定会输啊！”

林茂增摇了摇头：“我做的都四（是）有灯光效果的，白天怎么看得粗（出）来。”

林茂增捏着羊肉串的手都透露着萧索，羊肉串也透露着凄凉。

我又抿了一口啤酒，想了一会儿，突然一拍大腿：“你傻啊，找个遮光的地方不就行了！”

“哪儿有啊，我白天在公司四（试）过了啊，完全不行，不好看的。”他委屈得都开始扁嘴了。

我拍了拍他的肩膀：“我有办法。”

作为一个地根北京人，基本的人脉我还是有的。记得我有个邻居的侄子的姨夫有一家鬼屋，虽然现在生意不好，濒临倒闭，但是也是有的啊。我曾经去过，吓得我魂都要飞出来了，伸手不见五指，明明知道前面有人要吓我，我说什么也走不动，哇哇大哭了好久才被放出来。

我又抿了一口啤酒壮胆之后，就给那位邻居打电话，让他联系他侄子的姨夫，说要租鬼屋，一天，费用得打折。

林茂增感激地看着我，也抿了一口啤酒。

两天之后，一切准备就绪。

在这个万里无云的白天，我约上唐缇，说是一起去鬼屋冒冒险，刺激一下肾上腺素，说不定可以永葆青春。

唐缇觉得我大白天的不继续练相声十分奇怪，但是听说去鬼屋，也很兴奋。

到了之后，我对唐缇说，“必须要一个一个地进才好玩，我先进去，十分钟后你再进来，不要怕。”

进去之后，我先找到林茂增，把所有需要连接的电源都连好，然后抬头看了看快要比我高的立体书，接住了我由于惊讶而掉的下巴。

几分钟后，唐缇进来了，我打开了音响的开关。

一首《你们最喜欢的慢情歌，请在心里想象一下》送给你。

林茂增站在立体书的前面，对着一脸惊愕的唐缇说：“我想送你个礼物。”

他打开立体书。

第一层：唐缇穿着一件粉红色的比基尼在水里游泳。

第二层：唐缇拿着一个棉花糖。

第三层：唐缇抱着一个和她一样高的大熊。

第四层：唐缇梳着大波浪的头发，胳膊和腿都文满了好看的文身。

第五层：唐缇拿着一瓶啤酒在跳舞。

第六层：唐缇穿着大褂，吃着口香糖。

第七层：唐缇左右手都拿着羊肉串。

第八层：唐缇上课读书的样子。

第九层：什么都没有，只有一张白纸。

林茂增突然走了过去，站在了白纸上，拿出一束鲜花，对着唐缇说：“虽然我不太会缩（说）话，但四（是），我喜欢你，唐缇。”

唐缇看着林茂增，不知道该说什么好，只是笑了笑，过了好久才说了句：“谢谢。”

唐缇接过了鲜花，又过了好久，才对林茂增说：“我一直都知道你的心意，但是我并不知道我对你是什么样的情感。谢谢你，林茂增，我觉得我们还是当朋友好一些，可以吗？”说完，深深地鞠了一躬，然后离开了。

可怜的小林，希望他看开一些，还有机会的。

整个晚上我都一直跟着唐缇，唐缇没说什么，还是和平常一样。

晚上睡觉的时候，我悄悄地爬上了唐缇的床（我们在学校宿舍，我不是第一次这么干了）：“喂，你不会真的是因为你师父才拒绝林茂增的吧，他比你大那么多，再说你们互相也不了解啊。”

“我师父？”唐缇很惊讶。

“对呀。”我点了点头。

唐缇用好看的手指头点了点我的脑袋：“别闹了，我师父有女朋友的，他和前女友和好了，怎么会呢。”

嗯？

啊！！！

“先不说这个，那到底是为什么啊？”我想不明白。

唐缇看了看我：“我现在也说不好，我只是不想谈恋爱。”

每个人都有每个人想要过的生活，强求不了的。

我抱着唐缇睡了一整夜，开心得要命，唐缇还是我的。

醒来以后，我第一件事就是给脏辫大哥打电话，我每天早上天不亮就起来练贯口，我管他昨天是玩到几点才睡觉。

电话接通后，果然传来了没睡醒的声音：“谁呀？”

“大河向东流啊，天上的星星参北斗啊，你有我有全都有啊……”

过了好一会儿。

“……刘三叔你有病啊！”

“谁让你使坏，小心我明天还给你打电话！”再见，脏辫大哥，希望你的梦里有武松。

「第十八回」

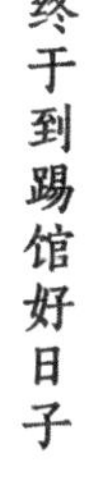

终于到踢馆好日子　刘三叔表白陆一欧

昂昂昂昂昂昂昂（这是一段激昂的音乐）。

林茂增：“观纵（众）盆（朋）友们，晚桑（上）好。”

刘三叔：“晚上好。”

林茂增：“今天四（是）某年某月某一天，我四（是）主词（持）楞（人）林茂增。”

刘三叔：“我是主持人刘三叔。”

林茂增：“本次节目的阻（主）要内涌（容）有：林茂增表白司（失）败，却意外被委以纵（重）任，获得另一总（种）认可。”

刘三叔：“陆一欧神秘失踪，不知去向，其相声社成员伍角星协同家属甄甜共同寻找他的下落。”

林茂增：“下面请看详细报道。”

我后来得知，原来我从陆一欧家离开，并且坚决地不让他送，独自跑回了家中，并且发烧感冒的那天，陆一欧去送我了，但是他没想到我没有去坐地铁，而是直奔大路走回家。所以他没追到我，只好在地铁站门口等了三个钟头。

接下来的事情发展是陆一欧没有回家。

他去哪儿了呢？

还有三天踢馆的日子就要到了，除了唐缇和林茂增，我谁都找不到，暗暗地咬牙切齿了好几天，心里咆哮着：“你们可真是好兄弟！”

上一回说到，林茂增表白被拒，但是唐缇却内心愧疚，我这个时候找他俩一起假装没事一样地彩排，我是不是太没有人性了？

想起这些事情我就头疼。

冤有头债有主，我让唐缇好好在家调整心情，林茂增交给我来处理。

群口说不了了，对口和单口还是可以的嘛，林茂增，你过来，我们熨熨舌头，你一定可以的！

白天我为了让林茂增的舌头更加灵活，普通“发”更加“飘”准，我亲自上阵帮林茂增顺舌头，从吹口哨到舔冰，我尝试了各种方法，林茂增做出了巨大的努力！

傍晚我接到了伍角星社长的电话：“喂，三叔。”

“哼。”我只从鼻子里发出了这么一个音，然后就不说话了。

没想到伍角星嘿嘿地笑了起来："猜猜我和甄甜在哪儿呢？"

"在我嘴里嚼着呢。"我一边说一边咬了一口苹果。

他又嘿嘿地笑了两声："你听。"听筒中先传来了一阵摩擦声，接着，"喂，是刘三叔么？您好，我是岳小风（著名相声演员），……"

嗯？

"三叔，你还在听吗？你听到了吗？你听到是谁了吗？"伍角星三连问。

我闭着眼睛深吸了一口气："我不聋，"然后原地跳起来，爆炸跳、胡乱跳，"刚，刚，刚，刚，刚是，是，是谁？"

"岳小风，"伍角星嘿嘿一笑，"惊喜吗？想来吗？"

"想！"迅速回答！毫不犹疑！他没问完，我都回答完了！

"你现在往我微信里转五百块钱，我马上给你发地址。"

我果断地转了五百元，全身上下仅剩四毛六。

"林茂增，你可能要解放了！"我回头激动地对林茂增说。

林茂增哭了出来，号啕大哭。

赶到地方时，我特意调整了一下呼吸，看了看夜空，然后才走进去。

那是在北京东五环左右的一个小型创意园区里的一个小房子中，门开着，房子里亮着深黄色的灯光。我前面是一个梳着小辫背对着我的男人，他好像感觉到了有人进来，于是回身看了看。

"三叔。"陆一欧回头看到我，有点惊讶，只叫了一声我的名字没有再说话。

我只看了他一眼，小小的一眼，就把目光转开了，欢欢喜喜地跑去找岳小风。

以丧阻丧，我觉得我应该从现在开始烦他，总比他走了后想他难受要好得多。

岳小风此时出现了，他从陆一欧背后的不远处探出头来，一张熟悉的小胖脸圆圆的，笑眯眯的，他说：“刘三叔？”

我屁颠颠地跑过去，点点头，然后扯着我的衣服前襟和一个马克笔让他签名，一脸傻笑。

陆一欧就在岳小风签字的时候走了过来，然后把胳膊搭在我的肩膀上。

“岳老师，就是她。”他边说边用另一个手指头戳了戳我的脸蛋。

岳小风拿着马克笔不知道从哪里下笔，匆匆抬头看了我一眼，点了点头：“眼光不错。”紧接着翻了个白眼问我，“你衣服黑色的，你让我签哪儿？”

翻白眼都翻得那么有内容，我很喜欢，要好好学习。

我斜眼看了一下揽着我肩头的陆一欧，瞟见他的衣服是白色的，于是抓住他的前襟说：“您签这儿吧。”

本来就是句玩笑，没想到陆一欧真的抓着岳小风的手往自己那件不知道多少钱但是看起来很贵的衣服上签字，签好之后就把衣服脱下来给我。

我抱着衣服不知所措。

还……还热热的。

“我们还有一会儿才完，你先等一下，”他指了指他和岳小风，“桌子上有吃的，自己拿着吃，我们一会儿过来找你。”陆一欧又抬手一指，我回头一看，甄甜在那儿坐着，于是点点头。

我和甄甜乖乖地坐在屋子南侧角落的两个高凳上吃着苹果，看着屋里的人说着什么，拍着什么。我觉得场景十分魔幻，我此刻要么是庄周，要么是爱丽丝。

甄甜对我说，事情是这样的：

陆一欧那天在地铁站等了我三个多小时，觉得刘三叔可能是故意躲着他，所以他才没等到我。他觉得刘三叔这么不拘小节、吃亏必揍的性格都能躲着他，说明刘三叔甚至都可能为了躲着他立刻嫁人然后生上十个八个男娃娃去过上幸福生活，于是他觉得他要做点什么。

首先，他摸了摸口袋里的余额。

几天之后伍角星接到陆一欧的电话，伍角星觉得挺有意思，就拉着甄甜一起去了。他们去的地方是北京周边城市的一个乡下，找到陆一欧的时候，陆一欧已经一天没有吃饭了。

陆一欧想，刘三叔喜欢相声演员岳小风，如果他能找到岳小风为刘三叔踢馆助阵，那么刘三叔一定会赢，然后也许就能等自己回来。说走就走，他找到了岳小风长大的村子，打算去寻访他的亲友，看看有没有什么远亲可以在岳小风面前说得上话的。结果，并没有找到，连岳小风一个远方亲戚的表妹的同学都没找到，钱就花完了。

伍角星看着突然变傻的陆一欧，觉得特别有趣，他问陆一欧：“你花钱请他商演不就好了，干吗非得上门拜访，准备诚意感动天，一次不行就三顾茅庐？”

陆一欧想了想觉得很有道理：“我觉得诚意也许可以，可我没有钱请他商演啊。”

“那我们一起找他的亲戚吧。”伍角星听了他的话，回复他。

皇天不负苦心人，开学之后的第二天，他们终于无意之间找到了岳小风的一个亲戚，并且说明了想要讨好的意图，但因为时间不多了，可不可以当作已经殷勤寒暄讨好过了，现在直接打电话联系岳小风。

结果，就是我眼前的景象。

岳小风来了，虽然他并不能帮忙踢馆，但是他能教陆一欧。

“那你们这几天就一直在这儿？”我问，“岳小风就这么来了？”

甄甜说：“最后还是花了钱的，陆一欧的爸爸花了钱，并且好像还找人拜托了一下。”

呵呵，哈哈哈哈哈哈。

结束的时候，我跑过去问岳小风能不能拜师，他问我拜过师父么？我说我拜过我爸。他问我我爸是谁。我说刘某某。

他听完马上说：“我不收徒。”又转头看了看陆一欧，再转回来看了看我，“谢谢你的喜欢，我可不能入赘，再见。”然后笑着离开了。

我呆在原地，不知道该如何是好，突然觉得真的可以招一下岳小风入赘，反正陆一欧也要走了。

我兴奋地对着甄甜说：“我怎么没想到，我可以招岳小风入赘啊。”

陆一欧看了看我，没有说话。

日升日落，日升日落，日升日落。

三天过去，我踢馆的日子终于到了。

当天晚上来的人出奇的多，还有好几台摄影机。我震惊得很，深深地觉得我家老爷子这回是要玩好玩大啊。

首先，他穿了一套看起来就齁贵的衣服。其次，我看见了他好几个师兄弟。再有，候场的时候我偷偷地从帘子后面往台下看了看，好家伙，人挤着人啊，估计可以卖挂票了。

我偷偷地问了一个在我家学相声的学徒刘有名，他说今天票卖得特别快，并且第一次有黄牛在我家茶馆周围方圆二百米内徘徊了，场面十分火爆。原因是有消息称，今天岳小风会来。

嗯？我们在一起待了三天怎么没和我说啊？

刘有名以为岳小风是我家老爷子请来打压我的，忙给我拿了个苹果表示安慰。

祝坦坦也来了，他来的时候带了好多朋友。我定睛看了好几眼，发现了脏辫大哥。

比赛开始了，现场突然出现了很多媒体记者，台下还出现了很多LED手举牌，其中一个写着："小三子，输了没关系，师兄们永远爱你。"

脏辫大哥也举了一个——半夜给人打电话者第二天准尿床！

我很震惊，并且不知所措，主动要求，请给我化妆。

本次踢馆比赛一共比拼三场，采取三局两胜制度，由观众自己拿起桌子上的小纸条给每一轮投票，票数最多的优胜。

第一回合：单口相声比拼。

大师兄对战林茂增。

大师兄首先开场，他的参赛名称是：《当一个大师兄的惨痛经历》。

林茂增哆哆嗦嗦地跟上，他的参赛名称是：《当一个福建人被逼着说相声》。

叫好声阵阵，两场下来多卖了好几壶茶叶。

虽然林茂增的血泪史特别好笑，但是他口齿不清，还是有很多包袱没被人听懂；大师兄除了被我欺负的那段有点惨其他都还算温馨和睦，但他有丰富的舞台经验，所以第一局，大师兄胜。

第二回合：对口相声比拼。

二师兄和三师兄对战我和林茂增。

没办法，谁让之前他们都不来和我排练！

二师兄和三师兄的参赛名称是：《我们的师妹》。

我和林茂增的参赛名称是：《如何做一个掌门少女》。

二师兄和三师兄可以说是表现得非常好了，超常发挥，观众们捧腹大笑，这要是在平常，我家老爷子肯定给他俩加鸡腿、发红包了。

可是今天，他们的运气不好，他们的对手是我。

以下是比赛片段节选：

刘三叔：叫掌门。

林茂增：讲（掌）森（什）么？

刘三叔：掌门！掌门！武侠里的那个掌门！

林茂增（一个轻蔑的笑）：你？讲（掌）门？

刘三叔抬起右脚开始在身前身后四处踢。

刘三叔：我讲什么门？我讲你家的门？哪儿有门？

林茂增：我则（这）么漂（标）菌（准）的普通发（话），我说掌门是什么？

全场鼓掌！喝彩！吹口哨！

林茂增给大家鞠了一躬，然后又说了一遍："我说掌门是什么？"

这下我的师兄们都沸腾了，开始欢呼。

中间虽然很好笑，但是先略过不讲，直接进入相声结尾（我一般不让你们免费听相声，喜欢我的，请来茶馆找我）。大家叫好的时候，我给自己加了个彩蛋，这是没排练过的，我临时起意的。

我："身为一个掌门继承者，坦荡利落不可少，侠肝义胆不可少，敢作敢当不可少，总的来说就是，三叔我虽然是个少女，但是我的内在十分有担当，什么事都不躲不闪，就算一时想不开，想开了就好了。"

林茂增"啊"了一声，我停顿了一下。

"祝坦坦，谢谢你喜欢我，我以后会给你介绍女朋友的。通过这件事我发现了你独特的品位，相信我，我会满足你的。谢谢你喜欢我。"说完鞠了一躬。

转过头来又说："陆一欧，我觉得我应该是喜欢你，甄甜给我做过测试，唐缇告诉过我，祝坦坦好像也感觉出来了，"我抬头看了一眼陆一欧，"别笑，你先别笑。"我深吸了一口气接着说，"青春短短，欲望恒昌，桃花有数，来日方长。愿你前程似锦，学习进步，从此天涯路远，我就不送了。我觉得做人要对自己坦诚，我感受到了，就表白了，但也知道你要离开，咱们从此天各一方了，各自珍重吧，我会过好我的生活，早日找到可以相伴一生的对象。”

说完一抱拳，再一鞠躬，下台了。

下台后看见我家老爷子脸都绿了，我估计他是觉得我大庭广众之下公然调戏妇男十分浪荡，刚准备训我，没想到我爷爷不知道从哪里走了过来，一把抱住了我：“爷爷再给你介绍！”

也对，谁家香火不浪荡？

最后一场可以说是相当炸裂。

第三回合：名家相声比拼。

岳小风对战郭大师（这我真没想到，我以为上场的会是我家老爷子）。

我当时就尖叫了，完全没听清他们的参赛节目是什么。

郭老师来了？岳小风的师父来了？

呵呵，我输了，但是我好开心，我要拜师，我要签名！

真是想不到我家老爷子还认识这号人物，我怎么从来没听说呢？

比赛结果真是一点意外都没有，我输了。

我家老爷子看我时只用了下眼角和眼白，我开始回忆输了的惩罚是什么。

我和祝坦坦走到茶楼附近的小广场上，路过一个奶茶店还给他买了一杯奶茶。

我说："就没怎么请过你，这个先当作回请的一部分吧。"

他笑了笑，喝了一口奶茶。

我转过身来正视着他："谢谢您的喜欢，谢谢有您这么优秀的人喜欢，感谢您的错爱，对不起。"

他笑得开心，笑声很大。

"没事，我自己愿意喜欢，也和你没什么关系。"他又喝了一口奶茶，"那我先走了，谢谢你的奶茶，很好喝。"

说完他就转身走了，我话还没说完，准备喊住他。

"喂。"他背对着我，朝我摆了摆手，示意不要再说了，我就把嘴闭上了。

对于他来说，估计觉得我当着这么多人的面拒绝他，也没什么想和我说的了吧。

他走了之后，我也慢慢地走回了茶馆，走到茶馆门口，看见了陆一欧。

哎，我的人生啊，我还没到二十岁啊。

我走过去，摆出一副落落大方的样子对着他打了个招呼："还没走呢？我先回去了，你也快回去吧。"说完没等他回答我就转身进茶馆了。

左脚刚迈进门里，左手就被拉住了。

"喜欢了为什么不在一起？"陆一欧在我身后问我。

我想了想后，认真回答他："因为你马上就要出国啊，而且说不定什么时候回来。"

他把我的身体转过来，面向他，然后又问：“你知不知道我怎么说服我爸让我陪着你练相声的？”

我摇了摇头，眼神中透露出渴望，我真的很想知道。

“我说，我是对女人没那么有欲望，我怀疑我喜欢男人，刘三叔是第一个让我心动的女人，那还是因为她太像男人。不过要是多待一段时间的话，估计以后会更喜欢女人了。”他笑了笑。

我震惊得掉了下巴：“你爸信了？”

“没有。他把我小时候抱着很多漂亮姐姐的照片翻出来给我看，我顿时就没话说了。”说完居然开朗地笑了出来。

好兴致啊，笑声真是爽朗。

“听起来不错，怪不得你这么开心。”我揶揄他。

他的脸突然靠近我的脸，我下意识一躲，后脑勺撞在门框上了。

“小心！”说完他一把把我抱在怀里，检查我撞到的地方，“你就不能小心点！”他叹了口气，“我当然开心了，你说喜欢我啊。”

我想推开他，没推动：“可我把你甩了啊，让你有多远走多远啊，你快松开我。”

……

“你爸到底为什么答应的啊？”我俩此时正坐在我家门口的台阶上，我又问。

“亲儿子嘛，不同意归不同意，你可以看看，要是父子俩真较真儿起来，一般都是他输。”他慢慢地说着，“反正我也没做什么忤逆的事儿，不过是晚一年罢了，他虽然不愿意，但还是同意了。”

他说得很简单，不过很有道理。

这个世界上，儿女要是和父母斗气，输的大多都是父母，赢的大多都是儿女，这比的不是谁有道理谁硬气，这比的是谁更舍不得罢了。

陆一欧突然往我手里塞了个东西，我摊开手心一看，发现是个微型摄影机，就是和曾经被陆一欧踩碎的那个款式一样。

“我留了点东西给你，”说完他扬了扬手，“我也给自己留了一份。”也是一个微型摄影机，“我把你刚才说喜欢我的话录下来了。”他得意地笑着。

“还是删了吧，省得你在异国他乡更加想我。”

他笑了笑：“三叔，我喜欢你，做我女朋友好不好？”

我摇了摇手：“不要来什么‘出国之后就分手，现在好好相爱吧’这一套，注定要分开就不要彼此腻腻歪歪。”

“三叔，做我女朋友好不好，我一定不会变心的。”

“你演偶像剧啊。”我鄙视地看了他一眼，“这是不可能的好不好？”

“不一定噢。”

“再说，你家老爷子能同意你家孩子姓刘？”我使出撒手锏。

“我说过了，老子是打不过儿子的。”说完他笑了，“我给你一个承诺吧，你听听看，看我说完了，你是不是愿意等我。”

“嗯？”不签婚前协议，分手直接把全部家产都给我？

“我们可以生四个孩子，头两个跟你姓，你觉得怎么样？”他说。

世界静止，然后出现一丝亮光，再然后心花怒放。

“真的吗？”我尖叫着蹦起来。

他点了点头。

“我考虑考虑。”说完我转身往回跑，跑到半路又停下来转过身看着他，“今儿就到这里吧，改日再聊，我回去啦。”

他朝我摆了摆手，说：“拜，做个好梦。”

这天我一晚上没睡着，我真的是睡不着，又一次失眠了，三点半就站在我家阳台上准备练习贯口。

刚念了一句，突然想起了点什么，于是拿起电话。

“喂？”脏辫大哥睡意蒙眬的声音再次传来。

“大河向东流啊，天上的星星参北斗啊，你有我有全都有啊……”

首先是一个摔电话的声音，然后只听一声咆哮传来：“刘三叔你现在就在家给我等着，别跑啊，小子，看我不揍死你。”

啪，电话挂断了。

现在可以安心练习了，我打算一会儿买点早餐回来和我的家人来一顿温馨的早餐，进行一场对未来展望的对话。

「第十九回」

陆一欧出国求学去

刘三叔守家相亲来

提问："陆一欧是学什么专业的？"

伍角星回答："数学专业。"

我："嗯？？？"

实在不敢想象，一个每天搓着俩核桃、性格慢慢吞吞、说话分贝几不可闻的"老年人"陆一欧居然是学数学的。

刚才那个场景发生在我们在机场把陆一欧送上飞机之后，我突然想起来有个事情一直不清不楚，于是就随口问了一句，结果十分令人震惊。

我一直以为陆一欧像我和唐缇一样都是艺术生呢，就他那一副"一看就学习不好"的形象让我从来没有怀疑过他的专业这个问题。

"并且学习还很好，是他自己考上国外知名大学的，就是你能念得出来名字的那些大学其中之一。"伍角星看见我被惊吓过度站在原地不动后，又在我耳边放了一个“惊雷”。

这世界好可怕，爸爸，我答应你，我还是乖乖地去相亲好了。

想到这里，我就给陆一欧发了个信息，等他“落地”之后马上就能看见。

“感谢您的厚爱，做您女朋友的提议我最终决定给您否了。您居然是学数学的，听起来就很像个变态杀人狂好吗？我决定乖乖地去相亲了，相貌、家庭、智力、人品等一般就可以，帽子和脑袋还是匹配的好，我这个人最大的好处就是不贪。”

发完信息后，算了算时间：他开机后收到信息已经半夜了，我睡觉特别沉，估计就算他一直打电话给我，我也要第二天早上才能接到。嘿嘿，想到这里我就开开心心地和他们去玩了。

第二天，天还没亮，我就起来练习基本功，结果怎么都没有等到陆一欧的电话，却在吃完早饭后，把陆爸爸的电话等来了。

陆爸爸在电话那头说：“刘三叔，你好，我是陆一欧的爸爸，这次给你打电话也没有别的事，就是想和你说一下我的立场。其实我觉得陆一欧想谈恋爱，是完全可以的，他想谈什么样的女孩子，家庭如何，相貌如何都不重要，重要的是人品好，心地善良。我知道他喜欢你，想和你交朋友，但是我也告诉他了，谈恋爱是可以谈的，但是不能为了谈恋爱耽误人生，既然有机会可以学习到更好的知识，走到不同的领域，为什么不去试试。所以，他答应出国了。我作为一个父亲，想用我的人生经验和你分享一些经历：当初我和陆一欧的妈妈就是异地通信了七年之后才结婚的，有些事情，不要轻易放弃，希望你和陆一欧还是好朋友。”

陆爸爸电话挂断了之后，陆一欧就把电话打来了。电话接通后，陆一欧说的第一句就是：“我爸给你打电话了吗？他说他同意了吧，哈哈，我本来要和你说的，但是他说他来告诉你。”

我把他爸说的话，原封不动地复述了一遍。

陆一欧又笑：“我爸原话说的是‘想谈恋爱可以，结婚都可以，但是你得自己挣钱，本来性格就懒，再沉迷恋爱，要是不能养活自己，我只能在我和你妈百年之后把家产全部捐出去，让你体会一下人生的真谛’。”

我听完之后也哈哈笑了起来，笑过之后突然严肃：“我说的话可不是开玩笑的，我要去相亲了。”

他停顿了一下，然后说：“知道，去吧。”

我下意识地噘了噘嘴，然后说：“好好学习，好好做题，再见。”

一个月后，我从脏辫大哥处得到消息说，祝坦坦也出国留学去了。祝坦坦走的时候特意让脏辫大哥告诉我，他的学校比陆一欧的好那么一点点，他学的也是数学专业。

我听后很是不解，脏辫大哥看我一脸迷茫的神情，只好给我解释。

“祝坦坦从小就是‘别人家的孩子’，学习好，性格好，还讨人喜欢，我估计他这次是报复去了。学习当然也是其中一个原因，但是还有一个原因是为了在学习上虐陆一欧。其实祝坦坦是十分幼稚的，他只是看起来大度谦和，有礼貌，涵养高，其实内心相当幼稚。要不然我们怎么会当朋友呢？”脏辫大哥说完，挑着眉毛看了我两眼，然后又说，“你要是再凌晨给我打电话唱歌，我就真的去追唐缇了，我可知道唐缇喜欢过我，并且只喜欢过我，你给我小心一点，下次就不是打你一顿那么简单了。”

我忙不迭说了好几个“好的”来表示我的态度，上次一不小心被脏辫大哥逮到了，被追着好一顿打，要不是唐缇拦着，我估计都要被打哭了。

和脏辫大哥分开以后我给伍角星和甄甜打了个电话，然后把脏辫大哥告诉我的话告诉了他们，我说：“伍社长，请你时刻准备好，陆一欧随时可能会给你打电话的，珍重。”然后就挂了电话。

哎，伍角星和甄甜最近实在不像话，从谈恋爱至今一直顺风顺水，最近听说俩人关系又亲近了一步，具体事件是，有一次周末我们齐聚伍角星的公司，大家正在商量着晚上吃什么的时候，甄甜突然蹲在了地上，伍角星忙走过去问甄甜怎么了，甄甜趴在伍角星的耳边小声地说了句什么，伍角星就把甄甜整个抱起来，抱进洗手间了。接着，伍角星话都没和我们说，就突然跑了出去，十分钟以后，他拿着一包“苏菲”回来了。

我当时脸都红了，比麻辣小龙虾都红！唐缇也傻眼了，愣了一会儿后，一个人坐到离我们最远的椅子上看书去了。幸亏林茂增没看见啊，他还沉浸在被唐缇拒绝的哀怨之中，经常一个人孤单地坐在角落，拿着个小本子记录着什么。

这次终于有点什么事情可以打破一下伍角星和甄甜的顺风顺水又恩爱的生活了，挺好，省得他们太过顺风顺水，让日子太过无聊。

如此闲晃了没多久，我的“不无聊”也来了。

我家老爷子在全家齐聚的晚饭过后和我说：“三儿啊，还记得你打赌输了这件事吗？”

大事不好！

“还记得赌了什么吗？”我家老爷子悄无声息地挡住了我撤退的脚步。

快来人呀！

我家老太太从我身边默默地走过。

我爷爷和我奶奶从我身边慢慢、慢慢、慢慢地走过。

“明儿就开始相亲吧，还有，我记得你还说过，要去茶楼打扫一年卫生来着，还分文不取，今天晚上就去吧。”

救救我啊！

我拿出我打出生以来从未有过的可怜眼神，缓缓地看向我爷爷，没想到我爷爷迅速地把头转到了另一面。

跑不了了。

于是我开始每天在我家茶楼里当保洁。

当天晚上我就把这件事在我们“相声社”微信群里说了。

伍角星表示深深的惋惜，同时还有一点高兴。

唐缇表示一会儿就买烧烤来看我。

林茂增表示他最近很忙，就算有什么事也千万别找他。

林茂增真的很了解我，他知道我要是把他喊过去搞卫生，按照他的性格，按照我家茶楼的干净程度，他今年过年都不用回家了。

第二天，远在异国他乡的陆一欧也发表了自己的意见。

他表示，打扫卫生这个事情虽然听起来很难过，但是实际上你有你的各个师兄啊（说得有理！）；相亲这个事情是个大事情，不能草率地下决定，每见一个你都拍个照片给我们看看，我们帮你参考参考，俗话说，“当局者迷，旁观者清”嘛。

除了我以外的众人，纷纷觉得他说得很有道理，于是都让我按照陆一欧说的做，我怀疑他们都被买通了。

这以后的第一个周末，我就见了我的第一个相亲对象。

对方是我家老爷子的同门师兄的妻子的同事的妹妹的侄子，比我大九岁，为人老实本分，性格腼腆，刚一见面就拿出一张纸来给我看。

只见上面清清楚楚地写着：姓名、性别、身高、体重、爱好、收入、固定资产、自我评价等。

我好奇地问了句：“之前都有过哪些经验啊？”

对方连忙回答起来：“第一份工作是在……”

第三个周末，我见了我第二个相亲对象。

由于相亲之前我约了唐缇去吃麻辣小龙虾，所以相亲的时候，唐缇也就陪着我一起去了。

对方全程表现良好，彬彬有礼，有房子有家底，连冰淇淋都请我们吃了两次，饮料买了四杯，由于数量太多，导致我并没有全部喝完，还撑得很。

结果，不出意外，对方看上了唐缇。

呵呵。

唐缇对我深表歉意，我却觉得老天爷对我真是好啊，随即恳求唐缇，一定要每次都跟我去，要是每次见了唐缇还能喜欢我的，我们再考虑看看他是否有其他企图，或者自身有什么不能说的秘密什么的。

伍角星对此表示："刘三叔坏得冒毒水。"

林茂增对此表示："刘三苏（叔）你不四（是）兄弟！"

自从有了唐缇，我的相亲就顺利多了，因为他们一个都没有看上我的。

通过了这次市场调查，我深刻地了解到了我——刘三叔在这个市场上的行情！

我用四个字概括唐缇的市场行情是"踏破门槛"，而我则是一长串"无人问津、门可罗雀、不为人知"等近义词。

如此三番两次、两次三番，我都对自己产生了怀疑，怀疑我是个透明人。

面对这种十分紧急的情况，我爷爷和我爸差一点就要禁止我和唐缇来往了，还是我说"早发现，总比以后出轨的好"才把那两位稳住了。

哎，表面叹气，心里暗暗地窃喜。

当我第六次相亲失败之后，唐缇都开始跳脚表示："下次再也不来了，三叔，这不仅不能帮助你找到未来的另一半，还十分有可能让我陷入未来好几年莫名其妙的纠缠里，我不干了。三叔你还是按照正常的相亲程序走吧。”

我抱住唐缇的胳膊不让她离开：“啊，不要走啊，虽然我也知道这样会因小失大、得不偿失，但是我实在不想相亲啊，你帮帮我嘛。我请你，你说你要什么我都给你买还不行吗？”

唐缇看了看我，破天荒地翻了个白眼。

最后，唐缇让我请她喝了一杯果汁就放过我了。

“三叔，你现在知道我为什么不想谈恋爱了么？”唐缇问我。

我抱着我的红心火龙果汁摇了摇头。

唐缇说：“难道人生最重要的事情就是爱情么？不论是什么类型的恋爱关系，选择的第一要素是什么呢？我的优势可能是十分容易让人第一眼就喜欢的类型，如果仅仅是因为这样就恋爱，我觉得那就失去了爱情最本质的意义了，对吗？”唐缇摸了摸我的头发。

我点点头：“被表白多了之后的迷茫，打个比方来说，就是需求是有的，但是可供选择的满足品太多，你有点挑花眼了。”我一脸真挚。

“哈哈哈。”唐缇大笑了起来，“你还跟着点头，傻样。其实我只是觉得，因为好像得到太容易，才会想，为什么要得到，我想要得到什么。三叔，我总要知道对什么事心动再谈恋爱才好吧，我总要知道自己会为什么事脸红啊。”

说得有道理。

“所以，我也不是故意那么对林茂增的，我只是想对自己负责任。再等一等，再想一想，我不着急。”唐缇说这话的时候，整个人又好看了一层。人好看、聪明，还这么有思想，我喜欢！

作为好兄弟，当天晚上我回家之后，还是把唐缇说的话告诉了林茂增。林茂增听完之后，先是深呼吸了一口气，然后笑了两声，再然后哭了起来。

第二天，林茂增正式开始德智体美劳全面发展了，一大早就问我什么洗面奶比较好，哪个网红小哥哥的穿着可以学习。

做人就是要自强不息，永不气馁，林茂增我支持你。

相亲多次无果后，我在家里再次变成猫嫌狗不待见的人。

真是没有天理啊，人家男方没有看上我，是我的错吗？你们没把我生成个儿子身，是我的错吗？

积压多重不待见到一定程度之后，我造反了。

那是个周六，我们全家又在一起吃晚饭了。

桌子上摆着麻婆豆腐、红烧排骨、白灼菜心、木樨肉等等，爸爸上桌的时候，脸色黑得像 8 月去了一趟泰国曝晒半个月一样，一上桌就对着刚夹起一块排骨的我低声喝道："三儿！你今天又和相亲的那个男孩说什么了？"

我把排骨放进嘴里，想了想："我说，你先看看我的脸，得看一辈子呢，还有，我不会做饭，也不会洗衣服，以后家务都得你干；家里房子和车子都有，但持有人都不是我。我是个说相声的，估计以后挣钱养家什么的也没有个固定进账，您得有个工作能养活您自己；我的师兄弟和搭档都是男人，这点您得包容；还有一点，生了孩子得姓刘，要不然我们家可要不起您。”

我的爸爸听完之后，“啪”地把筷子丢在了我的脑门上：“有你这么和人家说话的吗？一点女孩子的样子都没有，对方说，看见你再听见你说话之后，简直不相信对面坐着的是个姑娘，还以为是准备碰瓷儿找碴儿的呢。”

我揉着脑袋不服气地说：“爸，那是个什么人啊，你就介绍给我，一上来就嫌弃我身材不好，说我是‘瘪的’！再就问我几套房，我这是找结婚对象啊，还是上市场把我自己当猪卖了啊？”

“人家有错是人家的事，你怎么能这么说话，这哪还像一个女孩子，这样以后别说招赘了，就是嫁人你都嫁不出去。”

这要是搁在平时，我其实也不能怎么样，听完就算了，但是这几日不知道怎么了，有一股无名的火，呼呼地往上蹿，压都压不下去：“敢情不是您去相亲了，敢情不是您被人家盘问，敢情不是您被当男孩子养大啊，敢情是我自己出生的时候选择了‘我得当个姑娘’的选项啊？您讲讲道理好不好，我觉得我够听话的了，我觉得我真是个好女儿来着。”

说完这句话，我饭都没吃就直接回屋了。

过了一会儿了，爷爷敲了敲我的房门问：“小三子，大孙女儿，我能进来么？”

我大大地“嗯”了一声。

爷爷进屋之后，就挨着我坐下了。我看着他两个苍老如枯树一样的手不安地搅在一起，忽地不忍了一下，就伸手把爷爷的手握在怀里，顺势倒在了爷爷的怀里。

“也(爷)——爷——”爷爷身上的味道真是好闻啊，总是一股“宠着我”的味道。

“孙砸，你不能那么和你爸爸说话，他多伤心啊。”爷爷摸着我的头发对我说。

“哼！”我把头埋得更深了一些，“是他总是喜欢强迫别人！我的人生他都做主了，我还不能有点不高兴么？”

“其实不是你爸爸做主的，明明是我啊。”爷爷轻轻地说着，“小时候你生出来的时候，家里人是失望的。你姥姥提议说，你妈妈太遭罪了，不要再生了，实在不行，就当儿子养，以后招赘也行啊。当时，只是那么一说，后来因为你妈妈怀你的时候，怀得很辛苦，加上她年纪也大了，你的身体就不怎么好，在医院住了很久。后来也不知道是谁听说有个‘算命先生’可以看这个，我们就去问了。人家说，你阳多阴少，当个女孩子自然会经常生病，要是当个男孩子养，说不定还能骗骗老天呢，就这样，才把你当男孩子养的。”爷爷怀里的味道，我总是闻不够。

“封建迷信！”

“迷信不迷信的，我不知道，但家里都是希望你健健康康的。是，日子久了，我们也就习惯了，也有自己的私心，想让你招个姑爷回来，其实还不是因为你最小，最疼你，怕你嫁出去被欺负么，还是想让你待在家里。”

我慢慢地把头抬起，不服地说：“少骗人，我才不信，舍不得能老让我嫁人？”

“这不是习惯了么？真让你这么小就嫁人，爷爷还舍不得呢，是不是啊，小三子，再让爷爷抱抱，你可是爷爷的大宝贝。”爷爷慢慢地把双臂张开，我鼻头莫名一酸，然后扑进了爷爷的怀里。

爷爷在我耳边说：“还不是想让你好好成人，还不是想让你有礼貌，还不是想让你做个人人都喜欢的孩子，还不是都为你好。你一会儿得跟爸爸道歉，知道么？”

我点了点头。

爷爷叹了口气，接着又说：“不过招赘这个事情不能变，相亲就算了吧，我还是很期待见我重孙子的啊。”

嗯？

出了房门，我就直接跑到我爸那屋了，老爷子听见我进来了，就把身体背对着我，继续生气。这可难不倒我，我一个轻跑、起跳，就蹿到我爸后背上了。

“小兔崽子你给我下来！你要压死我么？”老爷子一个过肩摔就把我丢在了他对面的床上。

我躺倒之后，马上翻过来跃起跪在床上：“爸爸，好爸爸，我错了，我一会儿给人家道歉，保证不给您丢脸。您要是不解恨就揍揍我，我的屁股最近状态很好，您要不要用扫帚试试它的弹性。”

“少贫，什么丢我的脸，那是你的脸。”很明显，我爸气消了一大半，声音都不那么拒人于千里之外了。

“对对，我的。我的脸和千层饼一样，丢一张，还有一张，您就放心吧。”

话音刚落，我家老爷子居然真的拿着扫帚打了过来：“还贫。”

当天晚上，我得到了家里的特赦：不用相亲了，先好好学习是正经的。

我把这个喜讯公布到了群里。

群里一片欢呼，唐缇为此还发了一百元的大红包，可见她的高兴程度。

突然，电话响了起来，是陆一欧。

“刘三叔，我的提议你真的不考虑了么？”

“等你？那不得几十年之后了啊？”

“不用，我下个月回去一趟，下个月你就能见到我。”

“陆一欧，你还是要走的啊！”我提醒他。

“是呀，但是下个月就能见到我。”他笑着说，完全不管我的话外音是什么。

现在的飞机真的是很方便啊，有钱就能买票啊。

第二个月，陆一欧真的回来了，我在机场看见他的时候，心脏居然怦怦地跳个不停。

陆一欧走到我身边，拉着我比了比个子，我给了他一个白眼。

啊，阳光真好啊！

时间如闪电啊！

陆一欧回来了半个月，可是半个月好像一晃就过去了。

我再次站在机场送陆一欧登机之后，又问了一个问题。

这次我问你们，这个问题让我十分苦恼和不知所措。

陆一欧说，他这次要走半年，他给我半年时间找我喜欢的并且适合的肯招赘的人，没找到的话，半年以后他回来，他还是会遵守诺言，并且会请求我，让他做我的男朋友。如果我觉得没有安全感的话，他也有解决的办法，不过解决的办法是我要从家里偷户口本和他偷偷先登记结婚。他说，他不会签婚前协议的，让我好好考虑考虑。

我该怎么办?

「第二十回」

刘三叔相亲有经验 陆一欧回国办喜事

熟能生巧，来自一个卖油的大爷。

大爷觉得世上无难事，只要遵循一万个小时定律你也可以成为天才，也可以成为佼佼者，也可以在这个领域里占据一席之地，也可以做一个问别人梦想的人。

大爷有句口头禅：“没什么了不起，一点儿也不稀奇。”

我很赞同大爷的观点，并且付诸实践。

自陆一欧上次离开算起，已经过了一百三十三天，我经历了比天数数量还多的相亲。

现在的刘三叔已经不是一百三十三天前的刘三叔了，我的语言能力再次提升，嘴唇也因为日磨夜磨，变得越来越厚。

相亲？看不顺眼？翻白眼。

比如这次：

男一说："我觉得你牙有点黄，平时不太注意这方面的清洁吧？"

我说："我觉得您一定很喜欢吃鱼。"

男一说："为什么呢？"

我答："我觉得您挺会挑刺儿的。"

比如那次：

男二说："上次那哥们儿跟着我炒股，狠赚了一笔，上个月在二环里换了个大房子，又在南边买了一套别墅。"

我说："我看您身体运动神经挺发达的，肺活量挺好吧。"

男二说："怎么，谁说过吗？不过我曾经真的跑过马拉松，还进了前十。"

我摇了摇头答："没听谁说，就是觉得您挺能吹的。"

比如上次：

男三说："我就喜欢直爽的姑娘，你是不知道，我昨儿见了仨姑娘，一个比不上一个，都把自己当宝贝了，吃个饭还辣不行酸不行的。我看你挺好，你一看就不挑食。"

我说："一看您就做饭很好吃，对了，您喜欢烧烤么，下次再见面的话，我们自助烧烤吧。"

男三说："怎么看出来的？说给我听听。"

我答："就是觉得您挺会添油加醋的，没准火上浇油也不错。"

每当这个时候，他们一句话也回不上来，但我会读心术，我听到他们说：“我告诉你爸去！”

晚上回到家，唐缇在“相声社”微信群里每日一问：“今天的男生怎么样？”

我摇了摇头，用一副惋惜的口吻说：“谭三大爷这回介绍的这一批人不行。”

说完紧接着发了一个痛心疾首的表情。

“三儿！出来！”

没错，这声狮子吼正是我家老爷子发出来的，我赶紧对着镜子整理了一下仪表，然后开门，一脸后悔状。

我家老爷子的眉毛都已经要倒立到天上去了，手上还拿着扫帚，这是因为谭三大爷来了的缘故。

“快给你三大爷赔礼道歉！”我家老爷子一边挥舞着扫帚一边喊着，我立刻满脸愧疚地对着谭三大爷鞠了一躬，然后带着哭泣的颤抖说道：“谭三大爷，我错了，对不起，出门前我爸嘱咐我，我还是犯错了，真是罪大恶极。主要是今儿看见谭大哥和谭二哥都有女朋友了，听说每人都得了条大金链子当见面礼，心里就一时起了嫉妒的念头，想着，对面这人要是谭三哥该多好啊……”

“不是孩子的错，你骂孩子做什么，还不是因为三儿的条件太好了，你把扫帚放下。”谭三大爷一边说一边伸手把我爸飞上天的“武器”抢了下来，然后接着说，“我这次就是来看看，看看三儿还有没有其他的条件，我好回去再打听一下，别找那些不好的，到时候见了也是浪费时间对吧。行了，给我弄杯茶喝喝。”

谭三大爷为了保住谭三哥，听我说了一个半小时的择偶标准，还要时不时露出微笑，我十分满意。

谭大爷离去以后，我家老爷子暴揍了我一顿，我自知理亏，光喊“哎哟，打得好”，并没有犟嘴。

被打之后和大家伙狠狠地夸耀了一把我的光辉事迹，得到了一致的夸奖和一瓶钙片外加一条一厘米厚的皮裙。

钙片和皮裙是陆一欧寄来的，他说，多吃点钙片能强身健体，被打也能扛得久些。皮裙就更棒了，说是可以在被打的时候帮我扛很多伤害，就像得到了神力加持一样。

一厘米厚的皮裙，过膝，黑得发亮。

我问：“什么皮能有一厘米厚啊？”

陆一欧回我：“胶皮，我特意找了个车轮厂买的一个超大的车轮定做的。”

真是多谢他的一番苦心。

三个月后，陆一欧回国。

临回国前，陆一欧打了个电话给我：“户口本准备好了么？”

我拍拍胸脯，发现他看不见，于是小声地说：“就在我们家衣柜的抽屉里，放心吧，我都看三次了，我们老太太太有规律，轻易不会变的。”

陆一欧扑哧地笑出了声："好好想想啊，可不能后悔了，要不然你就成二婚的了。"

我回忆了一下陆一欧的万贯家财，肯定地说："不后悔，大不了拿着大笔的赡养费被你赶出门呗，不亏。"

陆一欧哈哈大笑："傻不傻。"

这次陆一欧回国，我没有去接，主要是我怕我做贼心虚的样子被他们看出来，我是一个多么不擅长干坏事的正直的小孩，被伍角星那种人看一眼都容易穿帮。所以我给陆一欧发了个信息，告诉他，他回国之后第三天是个诸事皆宜的好日子，百无禁忌，请他拿好自己家的户口本，我们早上九点在民政局门口集合。

陆一欧给我回了个"好"。

于是，在陆一欧回国后的第二天，我一个人买了三大杯意式特浓一口气全干了。

计划中的精神百倍没有出现，反而心慌得好像有人在我的小心脏里敲鼓。

咚咚咚咚——好像真的有点紧张的意思了。

结果倒是令人满意，我如愿以偿地到了凌晨三点还没有睡着，心慌刚刚平复下来，我就光脚偷偷地潜入了我家主卧。

推开门"嘎吱"一声，吓得我魂儿都要掉了，还好我爸我妈没察觉，于是我踮起脚尖，一点点地蹭到我家衣柜边上，慢慢地蹲下身来，伸手拉开装着户口本的抽屉，"咔嚓"一声巨响，我感觉和打雷差不多了。

抽屉坏了怎么没人修啊，这多吓人啊，我又开始心慌了，这次是被吓的。

事不宜迟，我伸手掏出我家户口本，接着把它揣进怀里，关好抽屉，刚站起身，就听到一句：“三儿？”

我一回头，发现是我家老太太醒了，睡眼蒙眬地看着我，刚才那句“三儿”就是她叫的。

“你在这儿干什么？这都几点了？”我妈睡眼蒙眬，语气中一点责怪的意思都没有，好像我要是说“妈，我饿了”，她都能瞬间起来给我煮碗面条。

我摸着胸前的户口本，想了想说：“妈，我做噩梦了，咱俩一起睡行吗？”

我妈突然笑了，她起身推了推身边正在打鼾的我爸：“起来，上三儿那屋睡去，今晚我和三儿睡。”

我家老爷子虽说不愿意睡得好好地被推醒，但还是起身了，临走还说：“历史总是反复上演，以后有了孙子，我就睡沙发得了。”

他说完，我妈就把被子掀开，把她的怀抱露了出来说：“快过来，外面冷。”

我像个泥鳅一样，一下就钻了进去，然后紧紧地贴着我妈，没有留出一点空隙。

好温暖，世上只有妈妈好。

“多大了，还像个孩子一样。”我妈摸了摸我的头发。

“多大都是妈妈的好宝宝。”我趁机撒娇，想着，要是嫁人了，以后抱着我妈睡的机会该有多少？唉，真是太煽情了。

睡着之前，我想和你们说一下我这次为什么做了这个选择。

在陆一欧又一次说可以先偷户口本结婚之后，我问陆一欧，为什么要结婚呢？

陆一欧回答我："谈恋爱的目的都是两个人彼此喜欢然后在一起啊，在一起的时候谁也不是先抱着要不然先处两年不行就分手的念头吧，给自己留后路的人太多了，处着处着，这儿不满意了，那儿也不满意了，心里总觉得还没有结婚，没有领证。虽然少了一张纸，但是差别可大了，所以往往谈恋爱时间越久越容易分手。当然先试试是没错的，家暴啊，脾气不和啊，洁癖和强迫症啊，这些都是没办法通过肉眼看出来的，但是咱俩不一样啊，咱俩都是事先摸过底的，并且我很清楚我喜欢你什么，所以给自己留后路这件事，对我来说并不需要。我并不需要为以后离开你铺路，不过……"

嗯？我听到一半，听出来个"不过"，这种词太烦人了好么。

"不过什么？"这明摆着就是逼着我问吗？

"我是不会变心了，谁知道你会不会给自己找借口跑了，你这人还是比较擅长逃跑的，遇事看起来挺大大咧咧的，但其实是个一有事先撤退的主，我不能给你这个机会。咱们就奔着天长地久走走，核桃不是一天搓亮的，数学题也不是一天就会解的，你付出的是人生，我付出的也是人生啊，这么想，你不亏。想要给自己的爱情填上珍惜和永恒，第一点要做的就是不留退路。"

我该回答什么呢？

烈女怕缠男，道理亘古不变。

刘三叔，要懂得惜福，话都说成这样了，你再矫情就没什么意思了是不是。有钱没钱，好像富贵能咬我舌头一样，结婚就结婚。

于是，我答应了。

甜言蜜语耳朵香，拿一个荔枝谁先尝。

唐缇和我说：“真男人！”

我对唐缇说：“为什么？”

唐缇回答我：“因为他给了你不害怕的勇气。”

我觉得十分有道理。

第二天我早早地就从我妈妈的怀里钻了出来，起床之后还亲了我妈一口，感谢她多年的养育之恩，心里念着，你们以后就放心吧，孩儿此行上山，一定带着满兜的桃子回来。

不知不觉，北京已经入冬了，树叶儿还是有很多绿的，街面道路上一片雪都没有，一点也不像冬天，只有呼出来的寒气才有点温暖在身边的意味。

陆一欧穿着一件姜黄色的长款羽绒服站在民政局的门口，我好久没有见他，突然见面，不知道该说些什么好。

“这么早啊。”我说了一句废话。

他走过来站到我身旁，俯身亲了我的脸蛋儿一下：“我媳妇真好看。”

我……

“别傻站着了，咱们先去照相。”他顺势牵过我的手，“我还带了白衬衫。”

承诺真是了不起的东西。话语像空气，你和我之间的关系就是靠着这个呼吸生存，但是承诺就像是氧气，无论我们之间是否病危，是否冻结，呼吸一口，缓过气儿来，会觉得生命旺盛无比，它没有香气，它只是氧气。

我俩拿着小红本从民政局出来以后，我拍了拍陆一欧的肩膀：“你靠过来听我说……低点……”

他俯下身来，把耳朵靠近我，我一把揽住他的肩膀：“你以后就是我们家的人了，刘陆氏，以后我罩着你，以后我养你，想买什么球鞋告诉我一声，我多说几场相声就能给你买回来了，别老想你没嫁人之前的样子，懂不懂。”

他又侧过头亲了我一口：“都听我媳妇的。”

领完证，我突然觉得从前我对未来的描述总是我一个人带着一条狗，穷困潦倒地开一辆房车周游中国，时不时给大家伙儿打个电话求助，再在某个大城市打工挣钱还清欠款，继续前往下个地方。

领证之后，我的未来突然就变了，不过才几个小时，我对未来就有了不一样的定义，我想和陆一欧一起装修一所房子，白天我辛苦说相声，有时候可能会被客人损两句，晚上回家我吃着陆一欧给我点的外卖，我俩紧紧地靠在一起，读读书、打打游戏。

奢侈地度过今后的每一个日日夜夜。

“走吧，我们去买点东西吧，咱爸喜欢按摩椅么？”我还沉浸在幻想中，他就已经和现实接轨了。

“这么快就要去我家投案自首了么？”我惊讶得帽子都掉地上了。

“咱爸咱妈都有姑爷了，你还想继续瞒着？不行了，这条路堵死了，今儿就去，省得你天天相亲，我天天提心吊胆的。”

惊喜和惊吓不知道是不是异卵双胞胎，希望我家老爷子的心脏坚挺如泰山。

陪伴我和陆一欧一起回家的还有一台按摩椅、一个扫地机器人、一台 70 英寸电视、六部新手机、一个跑步机外加一台三开门大冰箱。

我拎着刚从楼下水果超市买的苹果疑惑地望着陆一欧，陆一欧附在我耳边悄悄说：“前天自己出来买的，总觉得空手来你家说我把你家姑娘领走了不太好。”

空手？我手上还拎着三个榴梿、一袋橙子、一袋苹果和一瓶茅台呢，我攒这些钱花了多长时间啊，现在只想把它们顺着窗户丢出去。

陆一欧一进门就喊：“爸，妈，爷爷，奶奶我们回来了。”

刘爷爷和老刘头先是看见了我们，还没等问“怎么回事”，就看见一大堆电器陆陆续续地被搬了进来，迅速地把我家客厅填满了。

陆一欧左手把我搂在怀里，然后右手掏出我俩的结婚证递了过去。

我爸愣愣地刚要接过结婚证，谁承想我爷爷先身手矫健地抢了过去，一点也不像前段时间威逼我结婚时虚弱的样子。

我本来打算在这里写下三万字，关于我爸我妈是多么不高兴，甚至要把我撵出家门的样子，还有我爷我奶欢天喜地，甚至高声宣布喝完喜酒就回美国找我大伯的样子，但是这也不好看啊，您说是不是，我给您一笔带过就得了。

结果是，我爸虽然不乐意，但是事已至此，他也没什么办法，我妈更是用眼睛来回剜了我几百次。

我想和您说一下我的婚后生活。

婚后，陆一欧继续海外留学，他的学业还没完成不得不走，走之前珍重地和我说，等他回来，我俩就办婚礼，我点点头，踮起脚尖摸了摸他的头发，告诉他说："你已经是有老婆的人了，在外面都要注意举止，我可是说什么都不会离婚的。"

他听完直接朝着我屁股踢了一脚，踢完还说："下次再让我听见这两个字，可就不是踢一脚这么简单了。"

听完这话，吓得我缩了缩脖子。

喜欢一个人，勇往直前总是没错的。陆一欧走后，我开始发愤图强了，每天早上起来把英语单词像贯口那样练，上课也不偷着跑了，去自习室都带俩面包三瓶矿泉水。

我想着，时间不会很久了，距离也不会很远了，等我考过托福和雅思，我也出国留学去，我要和陆一欧念一个学校，念不了一个学校，旁边的学校也可以啊，这就是夫唱妇随，我虽然不会做饭，但是毕竟是结婚的人了，我得为以后考虑。

我当初可是立志要把相声发展到海外的，立志要当一个享誉国际的相声大师的。

最主要的是，有一个学数学还会英文的老公，以后要是有了孩子，他和孩子说英文悄悄话，我一句都听不懂，这不就完全丧失了我这个一家之主的威严，这哪行？

完结。

刘三叔爱你们。